Tales of the She Wolf

狼女物語

――美しくも妖しい短編傑作選　G・マクドナルドほか――

ウェルズ恵子＋編・解説　大貫昌子＋訳

工作舎

イーナ

Eena［1947］

マンリー・バニスター

Manly Banister

メス狼が一頭、月光に輝くウルフ湖の水面にくっきりとシルエットを映して立っていた。死のように音もなく、朽ちた丸太の陰にひそんでいる。ジョエル・キャメロンは鈍く光るライフルの銃身にそって狙いを定め、引き金を引いた。

灰色の狼は高く飛びあがってグロテスクに宙を蹴り、どうと地に落ちると、ちょっとあがいて静かになった。

「まるまる五ドルのあがりだ」

ジョエルはまだ煙をあげている銃から空の弾筒を外し、つぶやいた。州から出る懸賞金のことが頭に浮かんだのだ。

丸太をまたごうとした彼はぴたりと足を止め、急いでまた銃をあげた。森の端からそろりそろりと姿を現したあのメス狼に注意を集中するあまり、ついて来た仔狼には気がつかなかったのだ。おびえた仔狼は啼き声をあげて森のほうへ逃げていく。ジョエルは銃を投げだしてあとを追った。

「たまげたなあ、白い仔だぜ！」

仔狼を抱きあげながら彼はあえいだ。

こうしてこのメスの仔狼イーナは人間の世界に入ることになったのだ。

ジョエルの小屋は湖畔から一キロあまり離れて、木立にかこまれたくぼみに隠れて立っている。湖とのあいだに小さな林があり、小屋は風雨から守られていた。

ジョエル・キャメロンは山の松林のなかで生まれ育った。近ごろはおんぼろタイプライターと空想豊かな話を作りだす才能のおかげで都会暮らしを始めていたが、春になると必ず自分で建てたこの山小屋に戻ってくる。そして顔を刺すような初秋の寒気が雪の前触れを告げるまで、ずっとそこで暮らすことにしていた。

それはジョエルの性格にはぴったりの理想的な生活だった。彼の短編小説があまり売れないときには、慾深な家主のしなびた手を逃れて山小屋に頼ることができる。州が狼狩りに出す賞金が、小屋のなかで文を書く彼の扉を想像上の狼から守っているようなものだ。

イーナが普通の狼の仔とは違うことに、ジョエルは初めから気づいていた。そもそもその白皮症《アルビノ》すら普通ではない。色素不足の白皮症なら眼が赤いものだが、イーナの眼は灰褐色で、どこか人間みたいな奇妙な感じがする。どう見ても真っ白な狼の顔にはそぐわないのだ。

彼女の成長はめだって早かった。下の谷に土地をもつ入植者たちは、それぞれ一度はこの白い仔狼を見に立ち寄った。賢そうな顔つきやしだいに強くなる力を褒めるものもいたし、こんな手近に獲物がいるのに、生かしておくなどけしからんと憤慨する者もいた。

一キロ半ほど離れたぼろの掘立小屋に住むわな猟師のピエール・ルブラットなどは、手のひらを脂で汚れたズボンにこすりつけながら、憎々しげに顔をしかめて囲いのなかの仔狼のほうに唾を吐き、

「おい、カメローン、俺がこやつを捕まえて殺してやるからな」とフランス訛りで言うのだった。

「こいつは悪いやつだ。見てろ、いまに災難を持ってくるから」

この男が帰るとジョエルは針金の網で囲ったイーナの檻のそばにしゃがみこんだ。いつしか彼はこの獣に優しく話しかけるようになっている。

「殺すだって？　こんなにきれいなお前を誰に殺させるもんか！」

彼はいとしそうに一人笑いをした。成長なかばの仔狼は首をかしげ、灰褐色の眼で彼の顔を瞬きもせず、じっと見つめている。

「ときには耳のうしろを掻かせてくれないかと思うこともあるんだがね」

と針金ごしに微笑むと、イーナも舌をぺろりと出して親しげに笑うような顔つきをした。

「でもな、この両手はタイプを打つのに必要なんで、そうもいかん。お前は甘ったれない自由なメス狼だ。だからお前を好きなのかも知れんな」

イーナを材料にジョエルは評判の良いストーリーを何編か書くことができた。夏がゆっくり過ぎていくにつれ、彼はイーナをなおいとしく思うようになっていった。あえて彼女に触れるほど近くに行きはしないまでも、秋にはもう友だちのような親しさを感じはじめていた。

その頃にはあたりの人びとの好奇心もまず満たされたらしく、白狼の見物人も二週間にひとりぐらいという普通の間隔に戻っていた。


ところでバレージャンクションに通じる道に最初の土地を買って入植したのはピート・マーティンという男で、この谷きっての狼猟師だった。

「狼の皮だけで息子三人と娘ひとりを大学にやったんだからな」

と彼はよく言ったものだ。州からもらった褒賞金の自慢である。

ある日のこと彼は「あのメス狼をくれたら、五〇ドルやるぜ」とジョエルに持ちかけた。

「もうすぐ街で冬越しするんだろう？　あんな乱暴者を街へ連れていくわけにもいくまいが。俺の犬の最高のやつと掛け合わせて、狼猟に使う優秀な猟犬を一腹育ててえんだ」

生後六か月だが大きさだけはもうおとな並みのイーナは、ジョエルにこしらえてもらったばかりの小屋の陰で気持良さそうに眠っている。

「なんとかこれと別れずにすむ手だてを考えつけば良いんだが」とジョエルは眉を寄せた。

「しかし今のところでは君の申し出をとるしかない。二、三日うちに車で街に出ていく予定だから、それまでに連れていくよ」

約束するとふたりの男はおごそかに握手をかわした。

その夜イーナは囲いの金網の下を掘って外に潜りでると、まるでもの言わぬ憤怒のように人跡未踏の松の森へと姿を消してしまった。

五〇ドルもらいそこねたジョエルは、そのままぽんこつ寸前のクーペを運転して街に出ていった。


十月になると風がウルフ湖の水を波立たせ、落葉樹は赤から黄色、そしてついには褐色に紅葉し、山々は自然の絵の具で彩られていく。

続く十一月の空は鉛色だ。霜の大男が地下で目覚め、山も谷も雪に覆いつくされて、野獣が生き延びるには厳しい季節になる。音もなく人里に忍びよってくる狼の群れは、かつてなかったほど大きく抜け目のないメスの白狼を先頭に立てていた。

この群れは山からおりてきて吹雪の裾から忍びより、家畜に飛びかかって殺すのだ。おかげで谷あいに放牧されている家畜は大被害をこうむった。入植者たちは皆リーダーの白いメス狼をのろい、彼らのあいだでジョエル・キャメロンの名は忌み嫌われるようになった。

その春、イーナは一歳になった。一年前ジョエルが掌《たなごころ》に包んで小屋に連れて帰ったあのチビ狼の体は、いまや群れのなかで最も大きく力の強いオス狼の二倍もあった。彼女が群れのリーダーになったのは、この体格と賢さのゆえなのだ。

イーナは暖かい日差しを浴びてまわりを転げ回っている黒狼たちを眺めていた。たしかに同類なのだが自分とは違う。大きさと毛色が違うだけでないことを、彼女は悟っていた。イーナの胸のなかに荒々しい未知の興奮がうずきはじめて、もう何週間にもなる。

太陽の光がエメラルドグリーンの森にかこまれた青い湖水を横切って、裾は松林、頂は石の露出した山々の雪に反射して輝いていた。

そのとき白いメス狼の心を、ある思い出がよぎった。湖に近い林のなかのくぼみに隠れた小屋のこと、そしてはっきりした顔立ちの若々しい顔と、わけはわからないが優しく話しかけてくる心地よい声を思い出す。それは人間と呼ばれる親切な生きものだった。そしてその生きものとのあいだの友情のような気持も忘れてはいない。

イーナは鼻をならして立ちあがった。

そばにいた狼たちはすぐに彼女のまわりに集まってきて、待ち遠しげに指図を待っている。仲間よりひと回り大きいイーナは、長いあいだじっと黙って立っていた。その彼女から群れの仲間に、ある命令が伝わっていき、狼たちは舌を出してまた座りこんだ。イーナはくるりと身をひるがえすと、ひとりで森のなかへ入っていった。

彼女は音も立てず樹々のあいだを走っていく。たやすく湖を迂回し、日暮れ前には迷わずジョエル・キャメロンの山小屋のある空き地に出た。

ニワトコの薮にもぐりこんだイーナは何かを待つように前方をじっと見つめた。夕日と小屋を背に暗くなっていく湖の向こう、夕映えの山頂に探るような目を向けている。

しだいに消えていく景色の美しさに、イーナは心をうばわれていた。空は煙ったような色合いになり、星がひとつふたつダイヤのような硬い光で瞬きはじめた。山頂を越えた向こうの黒い空に金色の残光が映えている。

イーナは影のなかに無言でうずくまり、息をひそめて緊張に身を震わせた。何かが起こることを本能が告げていたのだ。これから彼女は狼族と違う彼女の本質を目のあたりにしようとしている。瓜のように黄色い満月が山頂からさしのぞいた。そのとき突然イーナに変化が起きた。

その変化に彼女は恍惚とした。泡立つような破裂とともにしなやかな筋肉の流れと、関節のなかの骨の調節が起こり、すべての神経と筋肉が官能の喜びに満たされた。眩しい月光をよけて片方の腕で目をおおい、彼女は長いあいだ震えながらその歓喜の余韻に浸っていた。

そしてついに起きあがったとき、イーナは自分の美しい姿に胸を躍らせた。彼女は人間の女なのだ。その変化がどのように起こったかは考えてもみなかったが、満ち足りた思いだった。

湖のふちへとおりていった彼女は、暗い水面に映る自分の姿を眺めた。かすかな風が丸い肩にかかったプラチナのような長い髪の毛を揺さぶった。豊かな唇、灰褐色の瞳へと弧を描く眉、その顔は期待に溢れている。高く盛りあがった胸、すらりと長い脚。その美しい体を神秘と魔力のこもった月の光が照らしだしていた。

月光を浴びた峡谷の山小屋は静かにくっきりと明暗を見せて立っている。イーナはそっとその周りを回ってみた。空気には何の匂いもなく死んだように静かだ。しかし、優しい顔と心休まる声のあの人間はいなかった。

当惑し失望した彼女は身を返すと湖に入って泳ぎはじめた。湖水の冷たさが快い。

そのあとイーナは神経や筋肉の自由な反応を楽しみながら、あてどもなく歩きまわった。そのうち鋭い狼の感覚で薮のなかに震えているウサギを感じとり、薮から追いだして捕まえるとウサギはか細い悲鳴をあげてぐったりとなった。その喉に牙を立てたイーナは、ほとばしる暖かい血に舌鼓をうちながら草のうえで獲物を引き裂き、きれいに食べてしまった。

こうしてさまよい歩くうちにもときおり女の本性に誘われ、湖までおりていっては水に映る自分の姿に見とれてしまう。

夜はあまりにも短かった。あてどなくさまよっているうち、イーナは日の出る寸前にもうひとつの小屋にさしかかった。ピエール・ルブラットの小屋だ。イーナの鋭い嗅覚がそのあたりに漂うわな猟師の臭気をとらえた。彼女は音なく唸り、目に見えぬ背の毛を逆立てて後ずさりした。

その足もとで小枝がはねたと思うと鋼鉄のピアノ線がビインと鳴り、曲げてあった若木がはね返った。針金の罠に挟まれた片足はぐいと高く吊りあげられ、体を地面にたたきつけられたイーナは、くるぶしの激痛に向かってめちゃくちゃに噛みついて暴れた。

かびくさい小屋のなかでは寝乱れた寝床から起きあがったピエールが、

「おっ、罠にかかったな。　まるで熊みたいに暴れとるわ！」

下着とズボンのまま寝ていたこの無精男は慌てて重い長靴に足をつっこみ、ライフルを摑んで外に飛びだした。

東から灰色の曙光が森に反射している。ピエールは女が罠にかかっているのを見ると、あわててライフルを放りだし助けに走った。

「なんてこった」と言いながら、暴れるイーナのくるぶしから針金の輪をはずし、

「ピークニークにゃ悪い時と場所を選んだもんだな、お嬢さん。おまけに裸で何をしてたんだね？」

興奮したピエールの声はうわずっている。むっと鼻を打つ臭気に耐えられなくなったイーナは彼の脛に力いっぱい噛みついた。

驚いて叫び声をあげのしかかってきた男に、イーナは新たな恐怖にかられて爪を立て噛みついた。怒ったピエールは、唸りながら彼女の腕を押さえこんだ。体を反らしてぶるぶる震える彼女を見てピエールはニヤリと笑った。

「この気違いあまめが。わしがひとつキースで手なずけてやるか、ええ？」

そのとき山の尾根から陽がのぼり、湖を血の色に染めた。

そしてイーナは変身したのだ。

狼に戻るにはなんの快感もなかった。イーナは筋肉と神経が変わっていく苦痛を感じ、頭の骨がぼ

きぼきミシミシ音を立てて狼の鼻面へと伸びていくにつれ悲鳴をあげてのたうった。その柔らかな皮膚から白い毛が何百万本もの鉤のように生えていく。

苦しみもだえる狼がピエールの喉に牙を立てて命を奪ったあとも、男の目はまだ飛びだしそうに見開いたまま恐怖に凍りついていた。

ピート・マーティンは、暗い表情で死んでこわばったピエールの指をこじ開けた。死者の手のなかに残った白い毛を風が動かしている。

「お前の白いメス狼だよ、ジョエル」

ジョエルは唇を噛んだ。死んだ男をじっと見おろしたまま彼は唸った。

「山に戻ってきたとたん、こんなひどいさまを見ようとはな」

「まったくむごたらしい死に方をしたもんだ」

ジョエルは目をあげて、マーティンの親切そうなまなざしを見た。

「あれを子どものうちに殺さなかったのを、谷じゅうの連中が非難しているのはわかってる」

マーティンは肩をすくめ、

「もう非難したって間に合わんよ。あいつを買おうと言ったあの日、俺がすぐ連れて帰らなかったのが悪かったのかもしれんな」

彼は長い顎をぼりぼり掻くと言った。

「とにかくピエールをちゃんと埋めてやろうぜ」

ジョエルは黒雲が立ちこめた嵐のような顔をした。

「俺はピエールにも、彼の牛どもにも責任を感じるよ」

今度はいつどこで白狼が家畜を襲うのだろうと彼は思いめぐらし、乾いた唇をなめて言った。

「俺があいつを捕まえて殺す」

「あいつの皮には千ドルの賞金がかかってるんだぞ。このあたりの入植者が、みんなで出し合った金だ」

「俺があの皮をもってきたって、みんなからは一セントだってもらう気はないよ」

マーティンの灰色の目に親しみの光が浮かんだ。

「お前ならそういうふうに考えるだろうと思ったよ、ジョエル。できることは何でも手伝うからそう言ってくれよな」

それからの一か月というものジョエルは、小屋には必要なものを補給しに戻るだけで、あとは山奥で過ごした。狼たちは用心深くて、その形跡もほとんど残さず、姿もまったく見せていない。けれど声は聞こえてきた。夜になると狼のもの淋しげな合唱が森の底から妖しくわき起こり、山々へ谺《こだま》していく。

とうとうあきらめて山小屋に戻ったジョエルは、夜を待ってマーティンの家に車を走らせた。

「おそらくそう簡単には見つかるまいと思っていたよ」

マーティンは敗北を認めたジョエルに言った。

「あれは追われているのを知っているから、いつもうまく避けて別なところに行くんだ。おとといの晩、あいつの群れがここへ来て、俺のいちばん大事な雌牛をやりやがった」

ジョエルは肩を落とし
「まったく手に負えないやつを追ってるんだからな。おまけに本を書きあげようと思って戻ってきたのにそれも遅れて、出版社はヤイノヤイノと言ってくる。ものを書きながら狼狩りもやるなんて、どだい無理だよ」

マーティンは噛みタバコの汁をぴゅっと吐きだして言った。

「お前は本を書け。やるだけのことはやったんだし、失敗したのはお前のせいじゃない。明日の朝この辺りの連中を集めて狼の跡をつけ、取っ捕まえるまであきらめず頑張るからな」

ジョエルの心は重かった。幼いときから育ててやったあの白いメス狼には、まだ懐かしい思いがある。あの賢さはほとんど人間を思わせるほどだった。だが、彼はイーナが人殺しになってしまったのを思い出し、山道に車を走らせながらも彼女がそのあたりに潜んでいるのではないかと、月光の届かない物陰に目を走らせるのだった。

彼の山小屋はなんの目印もない小道を曲がってから、でこぼこ道をさらに二キロ近く下ったところにある。上下するヘッドライトで、入口の扉が開いているのが見えた。

熊でも入りこんだのだろうか、ジョエルはどきりとした。さぞかし中を荒し回ったに違いない。車から飛びだすとライフルをかまえて小屋に忍び寄ってみたが、中はまったく元のままだ。彼はランプに灯をともしてから車のライトを消しに出て、また小屋に戻ってきた。

石で築いた暖炉の前の熊皮のうえに、若い女が丸くなっていた。鈍い金色の裸の肌に、プラチナのように光る巻き毛が映えている。顎を手で支え、目を見張って彼女はジョエルを用心深く見つめた。その足もとにランプより明るい満月の光が溜まっている。

ジョエルは彼女をじっと見つめた。まるで夢が生命を得てそこにいるようだ。しかし、裸の女が小屋のなかにいるのは困る。

やっとのことで切りだした。

「君はいったい誰だ?」

女はゆるやかに体を動かし、狼の笑いに似た表情を浮かべている。さっと赤くなったジョエルは、あわててガウンをつかむと彼女に投げかけ、命令した。

「ほら早く着ろよ」

ちょっと警戒した女はガウンを眺め、落ち着いたまなざしでジョエルを見返した。

「着るものを見たこともないのかい?」

皮肉っぽく言うと彼は女に近づき、彼女の肩のあたりに急いでガウンを引き寄せた。

「誰か来たらどうするんだ?」

そんなことがあろうはずもなかったが、ジョエルはむしろ自分の驚きと狼狽を隠そうとしていたのだ。彼はどっかりと皮椅子に腰をおろし、彼女をしげしげと見つめた。女は平気で親しげな目つきで彼を見返している。

ジョエルの頭には途方もない疑問が渦巻いていた。女は無言のままだ。もの言いたげなのはその目だけなのだが、何を言おうとしているのか、この困りきった男にはよくわからない。

彼はとうとうものを言わせるのをあきらめた。この女は唖なのだろうか？　それにしてもいったい何者で、なぜここにいるのか？　野性の人間がいるという話は聞いたことがある。でもそれは南米のジャングルか、どこかチベット辺境の地のことだ。何人種だろう、と考えたが無駄だった。彼女の目の形と表情はどこかで見たことがあるような気がする。だがそれがどこだったかは、どうしても思い出せなかった。

ただ、この若い女はとてつもなく美しかった。そして、今まで人間相手に感じたことがないほど、彼は彼女が欲しかった。この女が完全な人間……とは言いきれないことを、彼は知るよしもなかったのだ。

「ただ君を眺めながら、ここに一晩中座ってるわけにはいかんね」

ジョエルはとうとう苦笑して言った。

「まあそれも悪くない！　お嬢さん。今夜客間にいてくだされば、このホテルでお泊めしますよ」

ジョエルが近寄り手を貸して立ちあがらせたとたん、女は邪魔になるガウンを振りはらい、閃光のようにすばやく扉まですり抜けた。そして一瞬ジョエルに微笑みかけた。ランプの光が銀色の月夜をバックにした彼女の裸体を、溶けた金の色に照らしだしていた。

次の瞬間、彼女の姿は消えていた。まるで狼のように音もなくすばやい動きで。

そして彼女といっしょに小屋のなかの暖かみも去り、ジョエルは急に寒さを感じて身を震わせた。取り返しのつかないものを失ったという、せつない落胆が襲ってきた。

あくる朝、夜明けの冷たい灰色の光が射しこむジョエルの小屋は、荒々しいノックでブルブル震えた。ベッドから転がりでてガウンを羽織った彼がドアを開けると、ピート・マーティンが背後に頑丈な男どもを五、六人従えて立っていた。

「いよいよ狼の追跡をはじめるんで知らせにきたんだ」

ジョエルは不機嫌そうに知らせてくれた礼を言い、もう少し眠らせてくれと頼んだ。

「いやほんとは素通りするところだったんだがね」とマーティンは謝ったが、

「昨夜の客のことがなければ起こすつもりはなかったんだ」と続けた。

ジョエルの顎はあくびの途中でがくりと音を立てた．ぐっと唾をのみこんだ頬に赤黒く血がのぼっている。

「客だって？　何のことだ？」

指を曲げてみせたマーティンについて、ジョエルはポーチに出た。指差すところを見ると、小屋の前庭に往復した狼の足跡がついている。

「ジョエル、あれはお前の白いメス狼の足跡だよ。昨夜どうもここに来たらしい。お前は見なかったのか？」

ジョエルは目をぎゅっとつぶった。頭がくらくらする。

「いや、見なかった」

答えながら彼は昨夜見た女と、その美しい体が狼の鋭い牙で引き裂かれたところを思い描き、ぶるっと身を震わせた。

「気をつけて見張れよ、ジョエル。きっとまた来るだろうからな。ま、俺たちが先に捕まえなければばの話だが」

マーティンは肩をすくめ、仲間に合図すると、狩人たちは一列になって森のなかに入っていった。ジョエルはそこに立ちすくんだまま、男たちが気がつかなかった別の足跡をじっと見おろしていた。形の良い女の足跡がひとつだけ残っていたのだ。


仕事が捗《はかど》ったので、その日ジョエル・キャメロンは機嫌がよかった。本の最後の校正をおえて原稿をそろえ、包装して送りだせばあとは野となれ山となれだ。

彼は村の郵便局に原稿を出しにいったついでに必要品を少しばかり買いこみ、日没の迫るころ車でわが家へと向かった。

夜の陰はあっという間に忍び寄ってきた。空はまず煙った色になり、それから星がきらめきはじめる。ついで満月が森の梢にのぼった。

ジョエルは彼の小屋に通じる森の曲がりくねったでこぼこ道に車を乗り入れた。ヘッドライトが暗闇に光のトンネルをつくって進んでいく。松の森のなかは気味悪いほど静かだった。でこぼこの曲がり道にさしかかって速度を落としたとき、ヘッドライトにはっきりと照らしだされて若い女が立っていた。

慌ててブレーキを踏んだジョエルは車から飛びおりて声をかけたが、彼女はさっと陰に身を隠して見えなくなった。下生えの草に足を取られながら一、二分あとを追ってはみたが、彼は結局あきらめて車に戻った。

急に淋しさと落胆とが彼をおそってきた。だがあとの数十メートル車を走らせて小屋の前に車を止めると、さっきの女がポーチにじっと座っているではないか。

ヘッドライトを消したあとですら、ジョエルには彼女がはっきり見えた。こうこうと照る月の光のなかでその姿は黄金のように輝き、銀色の髪が後光のように笑った顔を縁取っている。

彼は女に近づこうとしたが思い直して車の踏み段に腰をおろした。彼女からほんの三メートルほどしか離れていない。彼は何も言わず、彼女も無言だ。

しばらくするとジョエルは優しく彼女に語りかけはじめた。思いのおもむくまま、それを声に出していった。彼女は首をかしげて一所懸命に聞いている。けれどその言葉の意味が何もわかっていないことは、彼も承知していた。

いったい何語を使えばよいのだろう？　どんなシラブルを使えば、彼女がそこにいるだけで激しく打つ胸のうちを知らせることができるのだろうか？

なおも静かに語りかけながら彼は女に近づき、金色の腕をとった。ジョエルの優しい顔を見あげた彼女の瞳が、口では言えない思いを伝えてくる。ジョエルは女をそっと立ちあがらせ、よろめく彼女の体を腕に抱きとめた。その唇は彼が夢見たように柔らかく彼の唇に応えてくれた。彼は飢えたようにその唇をむさぼった……。

イーナは腹立たしげに森のなかを歩きまわっていた。猟師たちに日夜つけねらわれるほど嫌なことはない。あれから二回も満月の夜があったというのに、それは彼女の苛立ちを煽るばかりだった。森中に猟師がうようよしていて、愛する人のところに行きたくても行けないのだ。

松の森は真夏の暑さでギラギラしていた。イーナの皮にかかる多額の賞金目当てに州全体からわれもわれもと集まってきた猟師どもが、丘という丘をうろつきまわっている。この連中が空手で帰っていくと、また新手がとって代わるのだ。

イーナは休むことさえできなかった。猟犬にしつこくつきまとわれ、夜がくると森はチラチラ燃えるキャンプファイヤで、まるでクリスマスのようだ。

一度だけ無謀にもひとりで狩りをしていた猟師が、メス狼を追いつめたことがある。イーナは火を噴く銃をものともせず彼に飛びかかって喉を引き裂き、あとに血まみれのズタズタを残すだけの目にあわせた。そして一夜のうちにイーナの皮にかかる賞金は二倍になっていた。

また一度はハンターと猟犬の群れに追われ、ウルフ湖をはるか下に見おろす断崖絶壁に追いつめられたこともあった。メス狼はとっさに身を躍らせ、鉛の銃弾を雨と浴びながらも湖水を泳ぎぬき、まんまと逃げおおせた。それ以来その断崖は「狼跳びの岩《ウルフリープ》」と呼ばれるようになり、この白狼の勇気はさらに伝説的なものになっていった。

月は夜ごとに膨らみを増し、彼女の変身が間もないのを告げている。人間の形になったときの快さをイーナは待ちこがれていた。その歓喜は、狼に戻るときの苦痛をつぐなって十分だったのだ。自然に備わった狼のどう猛さと野性の狡猾さをあげて、彼女は自由な動きを妨げている猟師どもに激しく反抗していた。

ジョエルの小屋は西のほうにある。イーナは鼻先を東に向けた。そして音もたてず月光に照らされた森の銀の下生えのなかを逃がれていく。曙が近づくころ、彼女はやっと体を休めた。

それから今度は北に向けて何時間か走り続けたのち、西に方向を変えた。

山の斜面は険しく登りも下りも急勾配で、そこを走りぬけるのは苦しい。彼女は滝のように流れ落ちる急流を泳ぎわたり、松の枯れ木を伝って谷あいを越えていった。空腹になるとオジロジカを倒し、むさぼり食った。

昼過ぎにはイーナは南に向かっていた。彼女は森中に群がる猟師どもを、こうして遠巻きに完全に一周したことになる。

そしてついに湖の西の端にある懐かしい土地に足を踏み入れた。狂わんばかりに先を急ぎたい衝動をぐっとこらえて、彼女は少し速度を落とした。人間の体になると力にも限度が出てくるのを知っていたのだ。この月光のもとで今夜彼女は必ず変身する。それが起こるときには、どんなことがあってもジョエルの小屋のそばにいたかった。

まだ小屋まであと一時間ちょっと。イーナは立ち止まってあたりの匂いを注意深く嗅いでは、また下生えの藪の陰を潜んでいく。そして速度を早め、緑灰色の森の陰を突進する白い憤怒の固まりとなって湖と平行して走りはじめた。湖をわたる湿った風が魚のすえたような形のない匂いを運んでくる。松の樹々が長い影を投げはじめ、東の空が暗くなってきた。

突然ライフルの音が鳴りひびいた。唸りをあげて飛んできた弾は湖の向こうに落ち、イーナはその瞬間本能的に鋼鉄の筋肉に拍車をかけて前に急いだ。男の怒鳴り声が聞こえ、犬が激しく吠えはじめた。イーナは湖に背を向け、さらに速度をあげて突進していく。

風が彼女を騙したのだ。鼻に運ばれてきたのは湖面の不毛な匂いだったが、その向こうに危険が潜んでいたのだった。

ライフルの弾の鉛色が目の前の暗緑の物陰に向かってひらめいた。イーナは飛びあがり、唸りながら肩の激しい痛みに歯をむいた。ほとばしる鮮血がその鼻面と脇腹の純白の毛を赤く染めていく。

彼女のまわりで他のライフルもいっせいに火を噴き、銃弾が泣くような音をたてて樹々のあいだを飛んでいった。猟犬どもの狂おしい啼き声も最高潮に達してひびきわたる。

白狼は深手にもかかわらず走るのをやめない。彼女は今恐怖と絶望に追い立てられて走っていた。そしてその目標には、あの優しい顔と心休まる声の入り混じる記憶しかなかった。

イーナはこの森のなかで彼女が愛するただひとりの人間のもとへと、命がけで逃げていたのだ。すべての人間のなかで彼女を愛してくれるただひとりの男の保護を求めて。

ライフルの騒音に続き遠くであがった叫びと喧しい犬の吠え声を耳にしたジョエル・キャメロンは、常にない胸騒ぎを感じて身動きもせず、じっと耳をすました。それから自分のライフルをとりあげると、戸口に急いだ。

騒ぎは刻々と近づいてくる。森に迫る黄昏がジョエルの小屋の前の空き地に渦を巻いて集まってきたかと思われた。続々と小屋に迫る男たちの姿と同時にジョエルの目の隅にひらめいたものがあった。いぶし銀の湖を背にくっきりと刻まれた何ものかの輪郭だ。それが松のあいだをかすめて弾丸のように走ってくる。猟犬の群れのけたたましい声に森全体がぶるぶる震えた。

と、ジョエルの耳にもっと近く、もっと恐ろしい別な音がきこえてきた。全力で疾走する獣の足音、そして重い体が下生えのなかを突進してくる。

次の瞬間森の端から巨大な白狼が飛びだし、彼に向かって全速力で迫ってきた。混乱したこの男の頭に本能が警鐘を打ち鳴らし、彼は自動的にライフルを肩のくぼみに当てて発射した。あたりの丘全体に弾音がこだました。

命中した銃弾は白狼を空中にはじきあげ、彼女は胸から血を流して尻餅をついたが、最後の力をふり絞って宙を蹴りながらジョエルの足もとに倒れこんだ。

彼は狼の頭に向けてとどめの一発の位置を定めた。そのとき山の端に満月が姿を現したのだ。湖を金色に染め松のあいだから光の矢を投げて。

まばゆい月光が狼の姿のイーナを包んだ。そしてイーナは傷の苦しみに代わる変身の恍惚のなかで死んでいった。

ジョエルはなにごとが起こったのか理解できないまま、それをじっと見つめていた。力の抜けた腕からライフルが落ち、ついでがっくり膝が崩れた。彼は女の体のそばに座りこんで、ぐったりした彼女の腕をひきよせ金色の肩を胸に抱きしめた。そしてふわりと広がる銀色の髪に顔を埋めた。

狩人たちが月光に照らされた空き地に飛びだしてきたときも、彼はそのまま動かなかった。そして彼らが黙って去っていくときも、じっとイーナを抱きしめたまま目すらあげようとしなかった。

白マントの女

The Were-Wolf [1896]

クレメンス・ハウスマン

Clemence Housman

この大農家の広間は燃えさかる炉の火灯りであかあかと暖かく照らしだされ、集って働く人びとの笑い声や道具の音でにぎやかに更けていく。なえた手でたどたどしく編み物をしているトレラ婆さんのような年寄りか、仔犬を抱いている幼いロル以外、仕事を怠ける者はひとりもいない。

暮れしずむ夕空のもと、外仕事を終えた作男たちもひとりふたりと集まってきて広々と明るい場所に陣取り、木を彫る者、釣り道具や馬具の修理をする者、三人がかりで大きな引き網を繕う者と、それぞれに忙しい。

女たちは鴨の綿毛を選り分けたり、わらを刻んだりしていた。今は休めてある機織《はた》り機のそばで、三人の女がそれぞれの紡ぎ車を競い合うようにブンブンまわしている。なかでも素早いのはこの家の女あるじの指だ。子どもたちも、ろうそくやランプの芯をせっせと編んでいる。こうして働く人びとのグループごとにランプがおかれ、炉端からいちばん遠い人びとのそばの火鉢には、大きな炉からときどき熾《おき》がつぎ足されて暖かい。けれど光の届かない隅の暗がりでは、炉で燃えあがる炎の影が妖しくゆらめいていた。

幼いロルは仔犬と遊ぶのにあきて放りだし、ウルフハウンドの老犬ティルにかかっていった。ティルは心地よさそうにうとうとしながら、狩りの夢でも見ているのか鼻を鳴らし手足をピクピクさせている。ロルは、そのそばに寝そべって毛むくじゃらの首に抱きつき、真っ黒な鼻づらに巻き毛をおしつけたが、ティルはお愛想にひとなめしただけ。あとは眠そうに大あくびして体をいっぱいにのばし、また寝入ってしまった。

ロルが唸ったり転がったりしてけしかけても、老犬は重いまぶたを半ばあげて眺め、おとなしく我慢しているだけだ。

「えいっ、これでもか！」

無視されて腹を立てたロルは仔犬を投げつけた。しかしティルは、そんな仔犬など相手にしては面子《めんつ》に関わるとばかり知らん顔だ。

ロルはしかたなくほかの遊びを探すことに。……

床に寝っころがって部屋を眺め渡したあげく、ロルは男たちのたまりにこっそり入りこんだ。……男たちは自分のそばの道具にロルの手が届きそうにないのをちらりと見て確かめると、また仕事に熱中しはじめた。

だがロルはいたずらの天才だ。いつのまにか細い鑿《のみ》を手に入れ、さっそく先を欠いでしまった。今度こそはこっぴどく叱りとばされてしょげかえったロルは、さすがにたっぷり五分はテーブルの下から出てこなかった。

この謹慎中彼は灯りを遮《さえぎ》ってしまうほど、たくさん目の前に並んでいる男たちの脚を眺めていた。そのうち彼らのひとり「脚長スウェイン」が、小さな手の感触に気づいた。下をのぞいて見ると幼い従弟のロルがこっちを見あげている。テーブルの下に仰向けに寝ころんだロルは、そっと若者の脚を叩いたり撫でたりしながら、しばらく満足した様子で静かにしていた。器用に動く力強い手や、ピカピカの道具を下から眺めているロルの顔に、ときおりスウェインが吹き飛ばす木屑が落ちてくる。ロルは彼を苛立たせないようそっと身をおこし、スウェインの脚を抱いて自分の脚をからませ、頭を膝にもたせかけた。しばらくたってロルが下にいるのをきれいに忘れてしまったスウェインは、いつのまにか脚が自由になったのも道具がひとつ消えたのにも、とんと気づかなかった。

十分もたったころ突然足もとから泣き声があがり、たちまち元気な肺いっぱいの大声になって広間中にひびきわたった。鋭い刃でわずかに傷ついた手から流れだす赤い血を見て怖くなったのだ。それでも小言を言われながら傷を洗って手当してもらうとなんとなく安心したのか、騒がしい泣き声がだんだん静まって時折しゃくりあげるだけになり、すっかりおとなしくなったロルは顔を涙でくしゃくしゃにしたまま、トレラの招く煙突側の隅におさまった。

痛い目をみてちょっぴり肝を冷やしたロルにとって火灯りのなかの静かな隅っこは、とても居心地がよい。啜り泣きの音で目を覚ましたティルまでが知らん顔をやめ、ロルの顔を見つめてペロペロなめたりして精いっぱいの同情をよせてくれる。あんな大泣きなんかしなきゃよかったと、ロルは恥ずかしくなった。いつだったかスウェインが肩から腕にかけて大怪我を負いながらも、しとめた熊を背負って帰ってきたことがある。痛みのあまり唇を真っ白にしながら顔をゆがめもせず、うめき声ひとつあげなかった。それに比べて僕はなんて意気地なしなんだろう。あわれなロルは、またしゃくりあげてため息をついた。

燃えさかる火の光はちらちら踊って子どもの心に気味悪く語りかける。ときに煙突のなかで唸る風もその伴奏をするかのようだ。炉のうえ高くぱっくり開いた大煙突の真っ黒な口は不気味な深い淵となり、濁って渦巻く煙も盛んにあがる火花の光も丸ごと呑みこんで、屋根のうえの闇へと吐きだす。するとそこから呟きや叫び声が聞こえてきたり、ときに奇怪なできごとが起こったりするのだ。怯《おび》えた煙がときおり逃げ帰って屋根にまつわりついたり梁に隠れたりすると、風は逃げた獲物を追って窓

や扉をガタガタ揺すぶり、家のなかを暴れ回るのだった。風がことさら大きな音をたてたあとぴたりと静まると、ロルはびくっと頭をあげて耳をすました。たまたま賑やかだったおしゃべりもひとしきり静まったときだったから、子どもの声と小さな手が扉をたたく音は不自然なほどはっきり聞こえてきた。

「開けて！　中に入れてよ！」

その声は取手よりずっと下のほうから聞こえ、背伸びして手をのばしているのか、扉のかけがねがカタカタ音を立てる。そしてまた小さなノックの音が聞こえてきた。近くの者がいそいで扉を開けたが、「誰もいない」。

突然老犬ティルが頭をもたげ、長く尾をひく陰気な吠え声をあげた。あんなにはっきり聞こえたのにまさか空耳のはずはないと、スウェインが立ちあがって確かめにいった。

その夜、闇はことに深く、風が小やみになると低くたれこめた雲から雪がちらちら降ってきた。扉の際《きわ》まで深く積もった雪には人の足跡も見えず、人声もしない。スウェインは目を凝らしてはるか遠くから家のそばまでくまなく見渡したけれど、目に映るものは真っ白な雪と暗い空、そして下の丘で風にねじ曲げられているモミの黒い木立ちだけだ。

「風の音だったのかな」と呟くと、彼は扉を閉めた。

見回すと、たくさんの顔が恐怖にひきつっている。「開けて！　中に入れてよ！」と叫ぶ子どもの声は、たった今しがたあれほどはっきり聞こえたのだ。風で木の扉がきしんだりかけがねがカタカタ鳴ることはあっても、風やかけがねが子どもの声でものを言ったり、ふっくりした小さな手の音でノックするはずはない。しかもティルのいつになく陰気な吠え声には、不吉な予感がこもっていた。人びとのあいだで気味悪げなひそひそ話が交わされはじめたが、女あるじにたしなめられ低いささやきになって消えていった。しばらくは不安と緊張で皆しんとなったものの、時が経つとしだいに冷たい恐怖もほぐれていき、ふたたびおしゃべりがはじまった。

ところが半時間あまり過ぎたころまた扉の外にかすかな音が聞こえ、とたんに皆の舌も手もぴたりと止まった。誰もが顔をあげて扉を見つめている。

「クリスチャンだ。えらく遅かったなあ」

とスウェインが言ったが、弟のクリスチャンではなさそうだ。今の音は若者の足音にしては弱々しすぎる。その足音はおぼつかなげに近づいてきて杖で扉をたたき、甲高いしわがれ声で叫んだ。

「開けてくれ、開けて中に入れてくれ！」

するとティルがまた頭をぐっともたげ、長く尾をひく悲しげな吠え声をあげた。杖の音と呼び声も消えやらないうちスウェインはすばやく扉に近づき、さっと扉を引き開けた。

「おや、また誰もいないぞ」

スウェインの声はしっかりしていたが、目は驚きのあまりまん丸になっている。見渡すかぎり雪と低く垂れた雲のほか、二列に並んで風でおし倒されそうに曲がっているモミの木立が見えるだけだ。彼は扉を閉めるとものも言わず部屋を横切った。

色を失った人びとは皆、答えを求めるかのようにスウェインを見つめている。無言で問いかけるその目を無視できず、平静を装っていた彼もさすがに動揺を隠せなかったらしく、母親の女あるじに目を走らせると、また恐怖に凍りついた人びとの顔を見やって重々しく胸に十字を切った。多くの人がそれに従い、それが魔法のまじないになって重い沈黙と恐怖がややゆるんだのか、皆がいっせいに大きなため息をついた。

ここにいたって一家の女あるじも落ち着いていられなくなったらしく、紡ぎ車を離れて部屋を横切り、息子とひそひそ話をしたのち「異教的なおしゃべり」をしたと言ってひとりの娘をわざと声高にたしなめた。自分の不安や予感を振り払おうとするように。もはや誰ひとり普通の声で話すものはいなかった。低い声がボソボソとぎれとぎれに聞こえたと思うと、ときには部屋中がしいんとなる。道具を扱う音さえほとんど聞こえず、突風で扉がカタリとでもいおうものなら、その動きもびくっと止まってしまう。しばらくするとスウェインは仕事に慣れない連中を手伝うという口実を作って、扉のそばに陣取った。

と、今度は男らしい元気な足音が扉の外でとまった。

「ああ、クリスチャンだ!」

スウェインと母親は同時に叫んだ。スウェインの声は自信たっぷりだったし、女あるじも威厳をもってふたたび紡ぎ車を回しはじめた。けれども老犬ティルはふたたび首をきっと擡《もた》げ、世にも恐ろしい吠え声をあげたではないか。

「開けろ、開けろ。中に入れてくれ!」

それはまがいもなく男の声だった。強い力でたたかれた扉はきしんでガタガタふるえた。スウェインは扉の板のふるえを手に感じながら、さっと扉を引き開けた。だがポーチに人影はなかった。見え

るものはただ雪と空と風にねじ曲がったモミの木だけだ。スウェインはしばらく身動きせず、扉を開けたまま立ちつくしていた。開いた扉から氷のような風が吹きこんできたが、風より冷たく人びとの心に吹きこんできたのは脈打つ心臓までたちまち凍りつかせる恐怖だ。スウェインは一歩屋内に戻って厚い熊の毛皮のマントを取りあげた。

「どこへ行くの、スウェイン？」

「すぐそこのポーチの端までだよ」

と言うと、彼は重い毛皮にくるまって外に一歩ふみだし、扉を閉めた。家の壁を背にして立ち、どんなに恐ろしい悪魔が向かってこようと、真正面から闘おうと決心したのだ。家の中の声は聞こえなくなり、はじける炉の火花とごうごう燃える火の音だけがときおり耳に入ってきた。外の寒さは厳しかった。足が感覚を失ったが、中の人びとを脅かさないよう足踏みさえはばかり、ポーチからおりて踏まれたあとのない雪のうえに足跡をつけることも控えた。二時間あまり前から降り続いた真白な新雪に、何ひとつ跡がないのは一目でわかる。

「風がやんだらもっと雪が降るだろうな」と彼は思った。

小一時間も見張っただろうか。そのあいだ生きものひとつ見ず、物音ひとつ聞いていない。

「外で凍えるのはもうやめだ」とスウェインは呟くと、屋内に戻ることにした。

彼の手が扉のかけがねに触れたとたん、女たちのひとりが押し殺したような叫びをあげたが、入ってきたスウェインを見ると、ほっとため息をついた。誰ひとり問いかけるものはない。ただ彼の母親だけがわざと平気なふりをして

「クリスチャンが帰ってくるのは見えなかったのかい？」と言った。

スウェインが炉のそばに近づく間もなく、扉を叩く音がまたはっきり聞こえてきた。とたんに目をらんらんと赤く燃やしたティルが炉端から跳びあがって白い牙をむき、首と背中の毛を逆立てて扉に激しく吠えついたのだ。

外からは澄んだ声が聞こえてきたが、犬の吠え声のせいで何を言っているかははっきりしなかった。けれど誰も扉のほうへ行こうとはしなかった。スウェインが思いきったように部屋を横切り、かけがねをあげるなり扉をさっと引き開けると、白い毛皮のマントを着た女がするりと滑りこむように入ってきた。

幽霊どころか、生き生きと若く美しい女だ。だが何を思ったかティルは、その女めがけて激しく飛びかかっていった。ティルの鋭い牙を長い毛皮の裾で防いだ女は、腰帯からすばやく小さな両刃の斧を抜きとり犬めがけて振りあげた。スウェインは無言でティルの首輪を抑え、なおも吠えたてながら暴れる犬を無理矢理引きよせた。見知らぬ女は片足を一歩前に踏みだし、手をふりあげたまま戸口で身動きもせずに立ちすくんでいる。女あるじは急いで走り寄り、スウェインはまだ暴れもがく犬を人にあずけて、扉を閉めながらこの無礼な挨拶を詫びた。すると彼女は流れるような動作で腕をおろし、斧を腰に戻すと顔のあたりの毛皮をゆるめ、長い白マントを肩からずらした。

なにしろ色白ですらりと上背のある若い美人だ。でも彼女の着ているものは一風変わっていて、なかば男の服のようなのにまったく女らしくないわけでもない。きれいな毛皮の胴着は膝下までで、その下は狩人がはくようなレギンスに編み上げ靴。深くかぶった白い毛皮の帽子の縁からは肩に届くほどの毛の房がいくつかさがっている。入ってきたとき喉のところで交叉していた二本の房は後ろにはねのけられ、長く編んだ金髪が肩から胸へ、さらに象牙で飾られた腰帯にきらめく斧のところまで届いているのが見えた。

スウェインと母親は何をたずねるでもなく、この見知らぬ女を炉端へと誘った。問わず語りに彼女が話したところでは、遠縁の親戚のところへ行く途中、約束した案内人とは行き違いになり、道標や目印を見誤って迷ってしまったのだと言う。

「まさか、たったひとりで？　四百キロもあるこんな遠くまで？」とスウェインが叫ぶと

「ええ」と女は微笑んだ。

「あの丘や荒れ地をひとりで越えてきたと？　あのあたりの連中はまるで獣みたいに野蛮なのに」

彼女は斧に手をかけて、蔑《さげす》むような笑いをもらした。

「私は人も獣もぜんぜんこわくないのよ。かえって怖れられてるぐらい」

そう言うと女は自由で大胆な狩人としての生き方や、凄まじい襲撃と闘って身を守ってきた話など、不可思議な話を語って聞かせるのだった。それも、普段は話したことがない言葉を使っているように、ゆっくりとためらいがちで、ときには単語が浮かんでこないのか言葉がとぎれることもある。

彼女のまわりには耳を傾ける人びとの輪ができた。その不思議な声がかき立てた恐怖も、多少は話のおもしろさに和らげられたようだ。見かけはちょっと変わっていたけれど、はきはきしたこの若い女性に不吉なところなど何もなかった。

いつのまにかこっそり近よっていた幼いロルは、目を丸くしてその珍しい訪問者を見つめていた。

そして床にたっぷり裾を引いていた柔らかな白マントのひだに頬を寄せてそっと触ってみながら、しだいに彼女の膝近くにすりよっていった。

「名前なんて言うの?」

普通なら失礼な、と叱られるような質問だったが、女がロルを見おろして優しく微笑んだおかげで無事にすんだ。

「私の本当の名前は、きっとあなたたちの耳には醜く聞こえるわ。だからこの土地の人たちはもうひとつ名前をくれたの」

毛皮のマントに手をおくと彼女は言った。

「ホワイトフェル(白い毛皮)っていう名前をね」

ロルはあいかわらずマントの裾を撫でながら、心のなかでその名をくり返した。彼はきれいで柔らかな服と美しい顔に心をうばわれてしまったのだ。ロルはひざまずくと彼女の顔をじっと見つめながら、戸口でためらうコマドリのようにおずおずと小さな肘《ひじ》をホワイトフェルの膝においたが、そんな自分の大胆さにすこしドキドキしている。

「ロル!」と伯母さんが叱った。

「あら私、ちっともかまいませんわ」

ホワイトフェルが微笑みながら頭を撫でてくれたので、ロルはそのままじっとしていた。それから今度はそっと彼女の膝に這いあがったが、こわい伯母さんの目の前だけに息をきらせている。でもホワイトフェルが優しく抱いてくれたので、誰もたしなめるものはいなかった。彼女の膝に落ち着いたロルは嬉しそうに斧や帯の象牙の鋲《びょう》、のど元の象牙の留め金や金髪のお下げに触ってみながら、毛皮を着たその柔らかな肩に頭をもたせている。美しいものは心も優しいものと思いこむ幼な子の信頼が、その顔にあふれていた。

「ホワイトフェル、ホワイトフェル」

ロルは呟きながら彼女の首に手をまわして、彼女の顔にキスした。それも一回でなく二回も。彼女は嬉しそうに笑ってキスを返した。

「うるさくないかね?」と気をつかうスウェインに、

「いえいえ、ちっとも!」と叫んだ彼女の熱心さは、少し大げさすぎるようにも感じられた。

ロルはやおら手の包帯をぐるぐるほどきはじめた。血がにじんだところまでくるとちょっとためらったけれども、浅いがぱっくり口を開いた長い切り傷があらわになるまですっかりほどいてしまった。彼女に見せて同情してもらいたいらしい。血がついた麻の布切れを見たとたん、ホワイトフェルは息をのんでロルを力いっぱい抱きしめた。あまりの力にロルはとうとうもがきはじめたが、彼女の顔はロルのうしろにかくれていたので、その顔に浮かんだ表情を見た者は誰もいない。だがそれは、思いがけず残忍な喜びに輝いていたのだ。

いっぽう、はるか遠く丘の向こうのモミの林では、クリスチャンがひとり家路を急いでいた。その日は明け方からずっと歩き続け、熊狩りの知らせを二〇キロ四方の村落や農場に散らばっている腕利きの狩人たち全員に届けていたのだ。遅くまで引き止められて帰宅が遅れていた彼は、とうとう走りはじめた。らくらくと滑らかな大股で、長い距離などものともしない軽い足取りだ。真夜中の闇にわだかまるモミの林に入ると道はまったく見えなくなったが、彼は足もゆるめずなお走り続けた。そのうち、坂を二百メートルばかりおりたところに、めざすわが家が見えてきた。

が、そのとき彼は突然横っ飛びに飛びのき、じっと動かなくなった。目の前の雪に、巨大な狼の足跡を見つけたのだ。クリスチャンはさっと腰のナイフに手をかけた。武器はそれしか持っていない。膝をついて狼の高さになると、彼は歯をくいしばってじっとあたりをうかがった。走っていたときより鼓動が早くなっている。一匹狼はまず例外なく大きくどう猛で、人間ひとりなら躊躇せず襲いかかってくる。この足跡は今までクリスチャンが見たうちで最も大きく、しかもつい先ほどついたものらしい。とすると、さっきあれほど腹立たしかった遅れも、かえって幸運だったと彼は思った。真っ暗なモミの林の入口でこんな大狼の牙に出くわしていたら命が危ない。クリスチャンは注意深くその足跡をつけていった。

足跡は坂をおりて凍った幅広い川をわたり、向こう岸の平地を横切ってわが家のほうへと進んでいる。しろうと目には迷いでたティルの足跡に見えたかもしれないが、彼の目に狂いはなかった。犬と狼の足跡を取り違えるようなクリスチャンではない。しかもその足跡は一直線に彼の家へと続いているのだ。これを見て息をのんだクリスチャンは不安に駆られはじめた。狼がこんな近くをうろうろしているのだ。ナイフを握りしめると彼は足をなおも早め、鋭く目を配りながら進んでいった。ああ、あのティルがそばにいてくれたらな、と思いながら。

足跡は扉のところまで一直線に続いている。そこまで来ると彼の心臓はドキンと飛びあがり、一瞬止まってしまった。足跡は扉のところで突然消えていたのだ。ポーチには何ものも潜んでいなかったし、ひき返したあともない。風がやんだのでモミの木は暗い空にまっすぐ立ち、低く垂れた雲から雪がちらちらと落ちてきた。

しばし棒立ちになっていたクリスチャンは、思い切ってかけがねをあげ中に足を踏み入れた。見回すと、見慣れた姿や顔のなかに見知らぬ顔がひとつ混ざっている。白い毛皮を着た美しい女だ。とっさに忌まわしい事実がクリスチャンの頭にひらめいた。その女の正体は疑うまでもない。

たまたま夕食の時が来ていたので、広間では人びとが急いで道具を片づけたり、にぎやかにテーブルや台を動かしたりしていて、カタカタ鳴るかけがねの音にびくっとした者はほとんどいなかった。クリスチャンは自分が何を言ったかも何をしたかも覚えていず、ただこの悪夢から早くさめたいと願いながら自動的に口を動かしていた。さぞ疲れたろうという思いやりから、スウェインも母親も何も聞こうとはしない。クリスチャンは美しい娘のように見えるあの「恐ろしいもの」と炉を隔てて向かい合って座り、その一挙手一投足を油断なくにらんでいたが、幼いロルが頭を撫でてもらっているのを見て、ぞっと身の毛をよだたせた。

ふたりのそば近くにはスウェインが立って、やはりホワイトフェルを見つめていたけれど、この兄弟の胸のうちはなんと違ったことだろう。当の彼女は冷たい憎悪をこめたクリスチャンの目にも、彼女に見とれるスウェインの熱いまなざしにも気づかないようすだ。

クリスチャンとスウェインは、見た目は瓜ふたつの双子だったものの、対照的な違いがあった。もちろんきれいな褐色の髪と青い瞳という外観はそっくりでも、スウェインはそれこそ神話のなかの若い男神のような完璧な顔立ちをしているが、クリスチャンの顔立ちには欠点があった。彼の口の線はまっすぐ過ぎ目もくぼみ過ぎていて、顔全体の曲線にスウェインのような豊かさがない。背丈はほぼ同じなのに体格のバランスから言うとクリスチャンは少しやせ過ぎだった。いっぽうスウェインは肩もがっちりと広く腕も逞しくて、いずれは力と美とを兼ね備えた立派な男になるのは明らかだった。狩人としても漁師としても彼の右に出るものはなく、その地方全体では随一の力士、騎手、踊り上手の歌上手として認められている。

ただひとつ彼がひけをとるのは走るスピードだけだが、それでも弟のクリスチャン以外の者には絶対に負けなかった。他の連中ならどんどん抜いて走れるのに、クリスチャンには簡単に抜かれてしまう。おまけに息を切らして駈けるスウェインと並んで、クリスチャンは笑ったり喋ったりしながら走れるのだ。けれどクリスチャンは足など自分の四肢のうちで最もつまらないものと思っていたから、そのスピードを自慢しようとはしなかった。また他の競技で兄に勝てず二位になることはあっても、自分に勝る兄の図抜けた運動能力を羨んだりせず、十分満足していた。それは双子の片割れのすることとなすこととすべてを誇りにする双子ならではの愛情で、愛がほとんど報われなくても当然として受け入れていたのだ。

その夜クリスチャンは女子《おんな》どものいるところで、あえてあの恐ろしい事実をぶちまけるわけにはいかなかった。兄と話す機会を待ってしきりと合図しているのに、スウェインはそれに気づかないのか、あるいは気づかぬふりをしてか、ホワイトフェルのほうばかり向いている。

じっとしていられなくなったクリスチャンは炉端を離れた。

「ティルはどこだ?」

隅につながれたティルに気づくと、

「なぜつながれてるんだ？」と問いただした。

「あのよそ者に飛びかかったんだよ」とひとりが答えると、クリスチャンの目が光った。

「ほんとうか？」

「もそっとで脳みそをたたきだされるところだったんだ」

「ティルがか？」

「ああ。あの女が腰の斧をすらりと振りあげてな。ティルも主人に抑えられたから命が助かったようなものさ」

クリスチャンはものも言わずティルがつながれている隅に行き、大喜びで立ちあがって甘える老犬の黒い頭を

「偉いぞティル、勇敢だったな」と言いながら撫でた。

今、あの事実を知っているものは彼とこの老犬しかいない。心の通じあう味方はほかに誰もいなかった。クリスチャンの目がホワイトフェルに戻るや、ティルも彼女めがけて鎖が切れるほど力いっぱいに引っ張った。老犬の背の毛と筋肉がこわばり、その首にのせたクリスチャンの手に行き場のない怒りがびりびりと伝わってくる。クリスチャンもまた怒りに震えはじめた。今本能的に怒り狂うティルが鎖に阻まれて体当たりできずにいるように、彼も理性に阻まれて「か弱い」女性に飛びかかるわけにはいかなかったのだ。あの姿でさえなかったら、ティルと力を合わせて殺すか殺されるかの闘いを挑めるものを！

「あのよそ者が来てからどれぐらい経つ?」

「そうさな、あんたが帰る半時も前からだろうか」

「誰が扉を開けたんだ?」

「スウェインだ。怖くてほかに手が出せる者はいなかった」

この答えには気になる響きがあった。

「なぜだ? 何か変なことでもあったのか?」

低いささやき声で、クリスチャンはそれまでに三回も扉を叩く者があったのに、開けてみると誰もいなかったこと、そのたびにティルが不吉なうなり声をあげたこと、スウェインが外で見張ったのに何も見えなかったことを知らされた。これではぐずぐずしていられない。

なんとか早く兄とふたりだけで話をしたいと焦るクリスチャンだったが、折悪しく食卓がととのい、スウェインは客席にホワイトフェルを案内しているところだった。いよいよ最悪だ。なにしろ狼女が家族と同じ屋根の下で食事を共にしようとしているのだから! クリスチャンはとうとう進みでてスウェインの腕に触れ、急な話があるとささやいたが、スウェインは弟をにらんで不快そうに頭を振って応じようとしなかった。こうなるとクリスチャンの喉には食事などとおったものではない。

そのうちとうとう話す機会がやってきた。ホワイトフェルがケルンヒルというその夜の約束の場所のことをたずねたのだ。それを聞くと女あるじもスウェインも叫び声をあげた。

「それならここから五キロもある」とスウェイン。

「おまけに夜をこせるようなところは、ぼろ小屋だけだ。今夜はここに泊まるといいよ。明日そこへ案内してあげよう」

ホワイトフェルはちょっとためらった。

「五キロぐらいなら、合図も見えるし聞こえるはずだわ」

「俺が外に行って見てこよう。合図がなかったら今夜はここを離れないことだな」と、スウェインは扉を開けた。クリスチャンは無言で立ちあがるなり、スウェインについて外に出た。

「スウェイン。あの女が何ものだか知ってるのか?」

そのかすれ声とぎゅっと腕を摑んだ力にびっくりしたスウェインは、

「あの女って? ホワイトフェルのことか?」

「そうだ」

「彼女なら俺が今まで見たうちで最もきれいな女だよ」

「あれは狼女だぞ」

スウェインは吹き出した。

「まさか! お前気でも狂ったのか?」

「いいや。ほら、自分の目で見ればわかる」

クリスチャンは兄をポーチの外に引っ張りだし、あの足跡のついていた雪を指さした。ところがさっきはたしかにあったのに、今は何の跡もない。どんどん降り積む雪がくぼみひとつ残さずおおってしまったのだ。

「だから何だ?」

「さっき合図したとき、すぐ出てくれば自分の目ではっきり見られたはずなんだ」

「見るって？　何をだ？」

「扉までずっとついていた狼の足跡だ。引き返した様子はない」

ささやき声だったのに、その口調は聞く者をぎょっとさせるに十分だった。スウェインはクリスチャンの顔を心配そうに見たけれど、暗闇のなかでは何の表情も見てとれない。弟を安心させるように優しく肩に手をおくと、恐怖と興奮の震えが伝わってきた。

「これだけの寒さが脳みそに入りこむと、奇妙なことが見えてきたりするもんだ。なにせ凍てつくような寒さのなかで、くたびれはてて帰ってきたんだからな」

「いやそうじゃない」とクリスチャンは激しく頭を振った。

「まず足跡を見つけたのは坂のうえだ。それをこの扉の前までずっとつけて来たんだ。これはぜったい錯覚なんかじゃない」

でもスウェインはそうにきまっていると信じた。この弟はとかく夢想や奇妙な想像に捕われがちなのだが、こんな狂人じみた考えの虜《とりこ》になったことはない。

「俺を信じないのか？」とクリスチャンは必死だった。

「信じてくれ。俺は誓って正気でほんとのことを言っているんだ。兄貴はめくらか？　ティルだって悟ってるのに」

「まあ一晩ゆっくり休めよ。そうすりゃ明日はもっと頭がはっきりするだろ。なんならケルンヒルまでホワイトフェルと俺といっしょに来ればいい。それでもまだ疑うなら、彼女がどんな足跡をつけるか、目をひんむいてあとをつけることだな」

スウェインの嘲《あざけ》るような口調にむっとしたクリスチャンは、くるりと扉のほうを向いた。スウェインは彼を引きとめ詰め寄った。

「どうしようってんだい?」

「兄貴が信じなくても、おふくろなら信じるだろう」

「おふくろには絶対言うな」

スウェインはクリスチャンを摑んだ手にぎゅっと力を入れて、命令した。いつもならおとなしく兄の指図に従うクリスチャンが、このときだけは意外にも兄の手をふりきって叫んだ。

「いや絶対知らせなくちゃ!」

扉に近かったスウェインは、立ちふさがってクリスチャンを中に入れなかった。

「皆、一晩のうちにもういい加減おびえさせられてるんだ。もしお前の考えが明日になっても変わらなかったら、そのとき打ち明ければいいじゃないか」

けれどもクリスチャンは耳もかさなかった。

「女たちはただでさえ怖がりなんだ」

スウェインも引こうとしない。

「どんなばかげた噂だろうとなんの証拠もなしに頭から信じこんでしまうんだから。クリスチャン、おまえ、男らしく自分だけでその狼女の妄想と闘ったらどうだ」

「もし俺を信じるなら」とクリスチャンが言いかけると、苛立ったスウェインはそれをさえぎった。

「俺はお前が阿呆だと信じるよ。もし兄弟でなかったら、嫉妬に狂ったと思うところだ。ホワイトフェルがお前より俺のほうに笑顔を見せたせいで、彼女を狼女にしたてたんじゃないのか」

この冗談はもっぱら誇張ではなかった。ホワイトフェルはスウェインばかりに好意を見せ、クリスチャンには目もくれなかったからだ。スウェインの伊達男ぶりはいつも開けっぴろげなので、誰もがつい笑って許してしまう。

「もし味方が欲しいならトレラ婆さんに打ち明けろ。もし婆さんの記憶が確かなら、あの知恵袋から古事にのっとった人狼退治法とやらを引っぱりだして教えてくれるぜ。俺が覚えてる限りじゃ、たしか、疑わしい奴を夜中まで見張ってそれが獣の姿に戻るところを目で見ることだ。おまけに人間に変身のさまを見られたら最後、もう永遠にその姿でいなくてはならないとか。もっと効くのは聖水で、そいつの手足に聖水をふりかければ死んでしまうはずだ。なにしろトレラ婆さんのことだ、きっと何か思い出すさ」

スウェインの嘲りには、もはやさっきの機嫌よさはなかった。ホワイトフェルに対するあらぬ疑いに腹をたてていたのだ。けれどもクリスチャンは心痛のあまり、兄の皮肉も上の空だった。

「兄貴は迷信じみた考えだと思ってるようだが、俺が見た証拠を目の前にすれば、正体を明かそうと試さないまでも、少なくとも本気にはするはずだ」

「試してみるだって?」

スウェインはせせら笑った。

「そんなばかげた考えを人にもらさない限り、いくらでも試すがいいさ。ただし黙っている約束だけはしろよ。その約束さえ守ってくれるなら、いつまでもこんなところで凍っていることはない」

けれどクリスチャンは無言だった。スウェインはまた彼の肩に手をかけて弟の顔をのぞきこんだが、暗闇のなかでは何も見て取れなかった。

「おい、クリスチャン。おれたちは今まで一度も喧嘩したことはなかったな」

「おれは兄貴に喧嘩を売ったことはない」

その気になれば時には威張りやの兄と喧嘩になりそうなこともあったことに、クリスチャンは初めて気づいた。

「だろう?」

スウェインは口調を強めた。

「今夜みたいにおまえがホワイトフェルのことを悪く言うなら、もう喧嘩なしにはすまさないぞ」

最後通牒のように言いきると、彼は扉を開けてさっさと中に入っていった。さきほどにも増して落胆と恐怖に打ちひしがれた弟を後に従えて。中に入るなりスウェインは言った。

「外はどんどん雪が降っているし、合図なんか見えなかったよ」

ホワイトフェルの目は一瞬クリスチャンを見たけれど、さっと素通りし、スウェインに向かって輝いた。

「霧笛の合図も聞こえなかったの?」

「いや、何も見えなかったし聞こえもしなかった。合図のあるなしはともかく、こんなひどい雪じゃここに泊まるしかないな」

ホワイトフェルの感謝の微笑は、それは美しかった。その微笑がスウェインの瞳にどんなに明るい光を灯したか、それを目のあたりにしたクリスチャンの心は不吉な予感で鉛のように重く沈んだ。誰よりも疲れていたクリスチャンだったが、その夜はまんじりともせず客室の外で見張りに立った。真夜中が過ぎたが、中ではコトリとも音がしない。人狼が真夜中に変身するという古い言い伝えはほんとうなのだろうか？　扉の向こうには何がいるのだろう？　女か狼か？　それがわかるなら右手をやっても惜しくないぐらいだった。彼は本能的にかけがねに手をかけ、おそらく中から鍵がかかっているだろうと思いながら、そっと扉を引いてみた。すると扉はあっさりと開き、戸口に立つ彼の顔に冷たい風が当たった。窓は開けっぱなし、部屋は空っぽだった。

多少軽くなった心で、クリスチャンは眠りにおちた。

翌朝ホワイトフェルがいないことを知って、びっくりした人びとがさまざまな憶測をするあいだもクリスチャンの心は安らかだった。彼女が真夜中になる前に逃げだしたと知っている理由を、彼は兄にも言わなかった。いっぽうスウェインは明らかに残念がってはいたものの、クリスチャンには軽蔑の目を向けるだけだった。その日クリスチャンは、一日中家から目を離さずにいた。それに気づいて機嫌を悪くしたのはスウェインだけ。皆のあいだではホワイトフェルの名がたびたびあがっていたが、ふたりはその名に決して触れようとしなかった。

「ホワイトフェルは今度いつ来るの？」

幼いロルは毎日きまってたずねる。ひとひらの雪のように軽く優しいキスをしてくれた、あのホワイトフェルが忘れられないのだ。ロルの質問に答えるスウェインの目にも、彼女が灯した輝きがまだ宿っているようだった。

やんちゃで陽気な金髪の幼いロル。そのロルが敷居を飛び越えて駆けこんでくる元気な足音も、にぎやかなおしゃべりも笑い声も、はたと聞こえなくなる日が来た。あとにはあの可愛い頭をふたたび見ることができなくなった人びとの嘆きの日々が続いた。ある日、生きているのか死んだのかわからないまま、ロルの姿は永遠に消えてしまったのだ。夕暮れも迫るころトレラ婆さんの言うことを聞かず、仔犬といっしょに外へ走りでていったのが最後だった。後になってロルがいないのに気づいた皆が心配しはじめたころ、仔犬だけが哀れっぽくクンクン啼きながら這い戻ってきた。人びとがロルを探しにいこうにも、仔犬には先に立ってロルの行方を知らせる知恵も勇気もなく、ただ体を震わせておびえているだけだ。

ロルの姿は跡形もなく消え、とうとう見つからなかった。どこで死んだのかも、どんな死に方をしたのかも、ひょっとしたら野獣に食べられたのかもしれないという不吉な推測以外、まったくわかっていない。

「もしかしたら狼が……」という噂を耳にしたクリスチャンにとっては、それがどの狼だか疑いの余地もなかった。彼はそれを口に出そうとしたけれど、その蒼白な顔と震える唇を見るが早いかスウェインがぐっと腕を摑んで低い声で叱りつけ、結局一言も喋らせなかった。そもそもクリスチャンがあの美しいホワイトフェルに理不尽な疑いを抱くこと自体、啓示だの信念だのに凝りがちな弟の頑固な性格のせいだとスウェインは思いこんでいた。ことに皆の悲しみを、美しい女性への恐怖や憎しみに変えようなど、言語道断だ。そう信じたスウェインは、弟に断じて反対する決心を固めた。そして結局強力な兄の意志ときつい言葉にまたしても押切られたクリスチャンは、自分の信念に反して沈黙を守るほかなかったのだ。

その彼も新月がまだ出ないその年の正月の夜、ふたたびホワイトフェルが現れたときには、さすがに驚いた。歓迎されるのが当たりまえのようにニコニコして入ってきたホワイトフェルの美しい顔とその風変わりな白い服装を喜んで迎えなかったのは、じつのところクリスチャンひとりぐらいのものだ。スウェインの顔が喜びに輝くいっぽう、クリスチャンの顔は死人のようにこわばって青ざめた。沈黙を守る約束をしたとはいえ、ホワイトフェルがまさか平気でまた姿を見せるなどとは思いもよらなかったのだ。あの「化けもの」と顔を合わせては、とても黙ってなどいられない。我慢できなくなったクリスチャンは、叫んだ。

「ロルはどこだ?」

たしかにそれが聞こえたはずのホワイトフェルは落ち着きはらって、明るい表情のまま顔色ひとつ変えなかった。けれどスウェインが弟に向けたまなざしは、怒りで火を噴かんばかり。女たちのなかにはロルの名を聞いて涙をこぼした者もいたが、クリスチャンのだしぬけな質問に驚く様子はなかった。客に優しく抱かれてキスしてからというもの、毎日のように彼女の姿を探し、彼女のことばかり喋り続けていたあの幼いロルはいったいどこへ行ったのだろう、という思いが誰の心にも自然に湧いてきたからだ。

クリスチャンは押し黙ったまま、ある決意をもって外に出た。この辺りで誰より足の速いこの若者は、生まれて初めて最も困難なレースを走る決心をしたのだ。月のない夜は暗く道は険しかったけれども、片道約一五キロ足らずを往復するのに自分なら二時間で走りきれるだろうと彼は踏んだ。どんどんスピードをあげていくにつれ、静かだった空気が疾風のように顔に強く当たりはじめる。道しるべはもとより、一面の雪が道という道をすっかり埋め尽くしているのにも気がつかなかった。とにかく本能に導かれるまま、今まで最高のスピードで目標めざして走る決心だ。

クリスチャンは走りながらほとんど何も考えず、ただ過去の光景や音が頭のなかを往来するのに任せていた。泣きべそをかいたり笑ったり遊んだりしているチビのロル。そしてあの恐ろしい「化けもの」の腕に抱かれて、幸せそうに丸くなっていたロルの姿。ああティル、あのティルの真っ黒な口のなかの白い牙。ロルが最後に抱いていたと言って、あの役立たずの仔犬に涙を流していた女たち。……モミの林から家の戸口まで続いていたあの足跡。毛皮の襟に埋もれた美しい顔に輝くあの女の微笑。そしてスウェインの顔。ああスウェインさえ俺を信じてくれたら。猛烈な速さで走るにつれ耳を打つ風が、怒ったスウェインの嘲笑のように聞こえてくる。兄の怒りのほうが寒さなどよりもずっと強く彼の喉をしめつけるのだ。けれど今の自分の目的が知れたらどんなに怒り軽蔑されるかには、もはやまったく頓着していなかった。

スウェインはまずなんでも疑ってかかる人間で、足跡の証拠を握ったクリスチャンの主張を頭から疑ったのは、彼の楽天的な懐疑主義のせいだ。超自然のできごとが実際に起こりうるということなど、彼の理性が受けつけなかった。そもそも生きた獣とは四つ足で口には牙があり、毛むくじゃらで耳がとんがっているもんだ。それ以外の姿になれるわけがない。それを言うならまっすぐ立って自由な手をもち、眉毛もあって口を利《き》いたり笑ったりできる人間が神の姿に似せて作られたのだ、というほうがまだ信じやすいぐらいだ。子どものころから聞いて育った気味悪い伝説も大人になった今では、事実が想像に色どられ迷信でねじ曲げられたんだと考えるようになっていた。あの夜、スウェイン自ら経験した戸口の怪しい物音のことさえ、驚きがおさまってみると、誰かお調子者がやった悪ふざけと、あっさり片づけてしまったのだ。

いっぽう、弟のクリスチャンにとって生命とは、肉体に隠されてはっきりとは理解できない魂の神秘だった。自分の肉体が複雑で相反する力からなる魂と結びついている以上、ひとつの魂の力が想像もできないほど変わったさまざまな形をとって現れることぐらい、まったく不思議ではない。聖水が邪悪なものをすべて清めることもすんなり信じられ、今は超自然の悪、つまり「あの化け物」をこの世界から洗い清められるものは、聖水しかないと確信していた。だからこそ彼はかつて人の足が走ったことのない速さで、しんと静まり返った真っ暗な夜のなかを、はるか遠くの教会めざして必死で走っていったのだ。教会まで行けば入り口の聖水盤に救いが待っている。彼の意志は鉄のように堅く、信仰はその昔奇蹟をおこした人びとのようにあつく幼児のように単純だった。

クリスチャンがそうして全身の体力と精神力が許す限りひたすら走っているあいだも、家では彼がいないのに気づく者はほとんどいなかった。ふたたび現れたホワイトフェルの優雅な美しさを見ると皆が思わず暖かく迎えたい気持になり、家のなかに久しぶりに明るいまなざしと言葉を交わしあう和やかなときが流れていたのだ。なかでもスウェインの熱心さには主人の礼儀以上のものがあった。一目見たときから忘れられなかったホワイトフェルの印象が、今目のまえに現れた姿でますます強まったのだろう。彼女は美しいだけではない。自分に劣らない勇気をもち、体こそ小さいが自分と同じだけの強さと力がひそんでいるとスウェインは信じた。しかも彼女の白い肌は彼の腕のように筋肉が盛りあがったりしていず、ほんとになめらかなのだ。うぬぼれのスウェインの気持は、恋というよりこのみごとな女性への驚嘆だった。だからかえって初恋のようなぎごちなさや、恋の手練手管などぬきで自然にふるまい、好意のまなざしと言葉でおおっぴらにホワイトフェルの機嫌がとれたのだ。

彼女のほうもただ言いよられて喜ぶような女ではなかった。彼女の目を輝かせるのは優しいささやきやため息などではなく、勇ましい離れ業なのだ。彼女のなよやかな手は、何かあれば間髪入れず斧をわしづかみにする。そのすばやさに感心したスウェインは、わざとその動きを誘っては感嘆の声をあげた。彼女の美しい手首はほっそりしているけれど鋼鉄のように強い。しなやかな形をしていながら、いざとなれば死に立ち向かって電光のように動くその手に彼は心酔したのだ。スウェインはその美しく強い手に触れたいあまり、狩人《かりうど》の唄を歌って聞かせようと、いささか見えすいた口実を作った。合唱のところに皆が手をつなぐ合図が入っている。彼はまず朗々とした声で歌いはじめ、合唱にさしかかるとすぐに彼女の手をとった。軽く握っただけだったが、ホワイトフェルの手は思ったとおり力強かった。合唱に加わって彼女も心が燃えたったのか、指先から強い心意気が伝わってくる。その声はリズムに乗って美しくひびきわたった。

この唄がすむと今度は彼女がひとりで歌いはじめた。わざわざ前とは反対な唄を選んだのか、あるいは揺れ動く心のムードを強調してか、それは風の運んでくる挽歌のように短調の悲しげな唄だった。そのときトレラ婆さんが、重なる麻痺でひどく震えながらもよろよろと近づいてきた。何かの追憶にめざめたのだろうか、よく見えない目を歌い手のほうに懸命にこらし、その声を逃さず聞こうと今度はうつむいて聞こえるほうの耳をすましている。唄が終わると手探りで進みながら甲高い震え声でつぶやいた。

「私の末っ子でいちばん利口ものだったトーラも、ああやって歌ったもんだった。トーラのような声で歌うあの人はどんな人かね？　目は青いんだろうか？」

「空のように青いよ」

「私のトーラもそうだった。して、髪は金髪で腰まで届くお下げかい？」

「そのとおりよ」

自ら答えたホワイトフェルは、手を伸ばすとよろめいてくる老婆の手をとってお下げに触らせた。

「ああ、死んだ私のトーラとそっくりだ」

トレラ婆さんは震える手をホワイトフェルの肩の毛皮におくと腰をかがめ、それにこたえて上を向いた美しく白い顔にキスした。

入ってきたクリスチャンが目にしたのは、まさにその状景だったのだ。彼は一瞬棒立ちになった。星ひとつない暗夜の凍るような空気のなかを走り続けて二時間。屋内の暖かさと和やかな話し声とまぶしい明かりに目がくらむとともに、突然脳裏にひらめいたのは、思いがけない恐怖だった。この獣の悪知恵と大胆さにはとても太刀打ちできそうにないと、初めて気がついたのだ。

追いつめられて死が迫ればたちまちどう猛な獣の本性を現し、荒々しく暴れまわって誰彼なく噛みついて殺し、どん欲な腹を満たすに違いない。何も知らずに安心しきっている無力な人びとを見まわして、クリスチャンは身震いした。美しい女のヴェールに隠れたその恐ろしい「けだもの」を囲んで、皆が楽しげに集っている。おまけに誰よりも弱い哀れなトレラ婆さんが、親しげにキスしているではないか。けれど恐ろしいあのものの正体を今あばけば、きっとせっぱ詰まって暴れだし、若い娘や女たちも無防備な男たちも皆一瞬のうちに死の危険にさらされることになる。残忍な獣のことだ、皆脳みそをたたき出され、心臓も石のように動きを止めてしまうに違いない。しかもこのなかでそれを迎え撃つ準備のできている者は、彼ひとりしかいないのだ。自分の使命を果たせない悔しさにクリスチャンは唇を噛んだ。いや彼はひとりではなかった。ティルがいる。彼はほんとうのことを知っている唯一の味方に向かって部屋を横切っていった。

けれどもティルの首輪を鎖からはずそうとする数秒のあいだに、神経を尖らせたスウェインの鋭い目がクリスチャンの動きを見つけてしまった。そして狂おしい目つきをした弟の意図はわからないまま、本能的な敵意に燃えてすばやくそれに挑んだ。だがそれよりさらに早く、スウェインの向こうでホワイトフェルがすっくと立ちあがった。身にまとった白い毛皮と同じほど蒼白な顔に、どう猛な野性の目が燃えている。部屋をひとっ飛びに横切りながら彼女はあえいだ。

「あっ、合図が聞こえるわ。あたしもう行かなくちゃ」

と、すばやくかけがねをあげると扉の外に飛びだそうとした。

そのときクリスチャンは、ティルの首輪を半ばゆるめながら貴重な一瞬をためらったのだった。もしホワイトフェルのたおやかな女性の体が獣の姿に変わらなかったとしたら、ティルの牙で女体を引き裂かせることになってしまう。誇り高い男性としてそれは許されない。けれど彼女の声をきいて振り向いたときはもう遅かった。彼女が扉を開けようとする瞬間、彼は聖水の入った小瓶をつかんで駆

け寄ったのだが、間髪入れずあいだに入ったスウェインが、クリスチャンをがっちり取りおさえてしまったのだ。必死にもがいてやっと片手だけ自由になったクリスチャンが力いっぱい投げつけた聖水の小瓶は、ホワイトフェルの背後にしまった扉に当たって粉々に砕け散った。スウェインが腕をゆるめたすきにクリスチャンは、驚いた人びとのもの問いたげな顔に向かって、かすれ声で叫んだ。

「神よ、われらを助けたまえ。あれは女狼だぞ！」

「嘘つきめ！　卑怯者！」

スウェインは猛然とクリスチャンの胸ぐらをつかみ、今放たれた暴言をもみ消さんばかりに喉をしめつけた。もがくクリスチャンをつるしあげ、力いっぱい投げつけたあげくそれでもまだ怒りがおさまらず、母親があいだに入って止めるまで倒れて動けない弟を蹴りつけた。母に叱られたあとも眉をよせ拳を握りしめて、よろよろ立ちあがろうとするクリスチャンに一言も言わせまいと見張っている。けれどもクリスチャンがこれほどすぐ降参して黙りこむとは予期していなかったらしく、彼の怒りはとたんに軽蔑にとって代わった。

「こいつは頭がおかしいんだ」

叫んでくるりと背を向けたスウェインは、母親の苦しそうな非難の表情には気づかなかったが、じつは女あるじの心中にもその心配が渦巻いていたのだ。

体力を出し切ったクリスチャンは、口もきけないほど疲れ果てていた。床にぐったり伸びて、啜り泣きに混ざった苦しい息に胸を波打たせている。命がけの使命を果たしきれなかった今、絶望と惨めさに彼は暗然としていた。おまけに皆の前で兄弟喧嘩をしてしまった。スウェインは兄らしい心遣いなどまったく見せず軽蔑を丸出しにして、自分の誤った解釈を押しつけにこじつけをまぶした説明で皆の恐怖を静めようとしている。双子の兄のこんなにも思いやりのない態度は、ふたりのあいだに初めて不和というくさびを打ちこんだ「あのもの」のせいだ。スウェインはあのずる賢さにたぶらかされて、ホワイトフェルの話の不自然さに目をつぶり耳をふさいでいる。さらにもっと恐ろしいことに理性はそっちのけで、彼女との仲をさまたげるものを容赦しない。

測り知れない不安と混乱でクリスチャンの心は真っ暗だった。しかもそれを分かち合える者もいない。証拠の足跡を発見して以来ずっと恐れていた破局の予感が重くのしかかってきた。近づいてくる運命に逆らう力も望みも、もうすっかり押しつぶされていた。

そのあいだもスウェインは弟から目を離さずじっと観察していたが、ふとクリスチャンがなぜこれほど疲れ果てているのか不思議に思いはじめた。苦しそうな息とぐったりと異常にのびた体は、長時間の激しい運動の結果だ。二時間留守をしたあと、なぜまた急にホワイトフェルにあからさまな敵意を表したのだろう?

突然スウェインは砕け散った小瓶のかけらから、すべての意味を悟った。そして驚きの目を見張った。愛するホワイトフェルに挑戦した弟への敵意も軽蔑も一瞬忘れ、スウェインは彼の耐久力とスピードに感嘆してしまった。その離れ業の話を聞こうと彼は体をかがめ弟の肩を優しくたたいて仲直りをしようとしたのだが、クリスチャンの暗い表情と悲しげな目つきを見ると、またホワイトフェルに対するひどい言動を思い出して腹が立ち、自分の仕打ちを当然だと思いはじめてしまった。同時に仲直りの衝動も消えた。

その夜スウェインと母親は遅くまで話し合った。クリスチャンが錯乱しているようだが、その理由はなにか。スウェインはホワイトフェルへの恋心を母に打ち明け、双子だけにクリスチャンも同じ気持なのではないか、だから嫉妬と絶望が嵩じて憎しみとなり理性を失ったのに違いない。そして狂った心に悪意が芽生えて危険な力を生んだのだという推論をたて、話しているうちに自分でもそれを信じはじめていた。そしてあろうことかホワイトフェルを疑いはじめた人びとまで、この理屈で説得してしまったのだ。自分の推論を主張する熱心さのあまり、スウェインの判断力は鈍り、ホワイトフェルをかばおうとして、あの夜逃げるように去った彼女の不審な行動を疑う気持さえ否定してしまっていた。

けれどもまもなくこの農園を襲った恐ろしい事件が、さすがにスウェインの心にも影を落とした。あのトレラ婆さんの姿が消え、その行方も生死も謎に包まれてしまったのだ。彼女はモミの林の向こうに住む寝たきりのおしゃべり相手を訪ねて喜び勇んで出かけたのだが、忘れた土産を連れに取りにいってもらうあいだ木の下で待っていたのが最後の姿になった。すぐさま総出で捜索がはじまり、道からほんの数歩離れた灌木のなかに彼女の杖が見つかったが、突風が木の枝から落とした雪が足跡はおろか、どんな死に方をしたのかも跡形なく隠してしまっていた。

すっかりパニック状態におちいった農園の人びとのなかに、ひとりで探しにいく勇気のある者はいなかった。わけのわかっている危険なら身構えもできようが、目にも見えずひそかに忍び寄って白昼遊んでいる子も死の間近な老婆も区別なく消してしまう、この「死」は恐ろしい。

「あの女はロルとトレラにキスしたんだ。あのふたりだけに」

クリスチャンは何度となく悲痛な叫び声をあげたが、またもやスウェインに力ずくで抑えこまれてしまった。悲劇を防げなかったのは自分のせいと思ったのか、彼の狂おしい目つきといい叫びといい、ほんとうに狂ったと思われてもしかたないほどの苦しみようだった。

こうして弟を無理矢理に黙らせはしたが、スウェインの理屈も巧みな言葉も、それ以来ホワイトフェルに対する人びとの疑念を晴らせなくなっていた。クリスチャンの非難にこたえて彼女を弁護しろと迫る者はいなかったものの、スウェインはひとつだけ重大な事実に気がついていた。あれほどたびたびおおっぴらな話題になっていたホワイトフェルの名前が、今はひそひそ囁かれるだけで彼の耳には届かなくなっていたことだ。

スウェインは、人びとをとらえた迷信的な恐怖を心底から軽蔑し、しばらく時が経ってもいっこうに消えやらないので、不安になり、ますます怒りをつのらせた。とにかくホワイトフェルがまた戻ってきて朗らかな顔としとやかな姿を見せれば、人びとの気持も和らぐに違いない。しかしやっぱり彼女はすぐ皆の冷えた態度に気づくだろう。それればかりは彼の威信や強制によっても防げないのはわかっている。しかもクリスチャンが暴れだして彼の手に負えなくなり、危険な暴挙に出ることも予想できた。弟の警戒の目を見ていると、絶えずなにか危険なことが起こりそうな予感がしていらいらしてくる。その警戒を少しでも解くためには、仲直りをもちかけたほうがよさそうだとスウェインは考えた。試してみると、少しばかりの親切や思いやりと兄貴らしい威厳を見せただけで、クリスチャンは意外なくらい簡単に受け入れた。ほんとうのことさえわかっていれば、弟の素直な感謝と安堵に兄は心を動かされたはずだ。けれどその素直な喜びも、事実に目をつぶっている兄の軽蔑をかえって深めるだけに終わってしまった。

それでも兄の仲直りのそぶりはよほどクリスチャンの気持を和らげたと見え、その日の午後遅く、ある場所まで来てくれという言づてを兄が伝えたとき、弟の心には一点の疑いも浮かばなかった。そして約束の場所まで出かけていったあげく、それが無駄足だったとわかったときでさえも、なにかの間違いか誤解だったのだろうと思いこんだ。でもその軽い気持は、暗い夜空にそびえる灰色の雪山のあいだに挟まったわが家が見えてきたとたんに消えた。家の扉のところまで恐ろしい足跡を追ったあの夜の恐怖と疑惑が、ふたたびよみがえってきたのだ。クリスチャンは杖代わりに手にしていた熊槍をぐっと握りしめた。体中の感覚が研ぎすまされ、筋肉という筋肉は緊張しきってビリビリしている。警戒心にひきとめられながらも興奮にせきたてられ、彼は大股の早足で音も立てず、いよいよ運命の対決へと歩を進めていった。

外門の近くまで来たとき、暗い雪が割れたかのようにかすかな影が離れて動くのが見えた。残った暗いほうの影は動かずじっと立ちはだかっている。その姿をみたとたん、クリスチャンの体中の血は絶望で凍りついた。挑むように立ちはだかったスウェイン。そしてさっき離れた影はホワイトフェルに違いなかった。ふたりはもう長いあいだそこに身を寄せあっていたはずだ。彼女は彼の腕に抱かれていたに違いない。唇が触れあうほど近く。

月のない夜だったが、星の光でスウェインの顔が誇らしげに上気しているのが見てとれた。しかし弟の顔を見ると、上気はそのままに表情はたちまち険しくなった。もし弟がすべてを見ぬいて狂乱したとしても、自分の断固とした意志の力で抑えられるはずだ。スウェインはクリスチャンの前に肩をそびやかして仁王立ちになった。

「あれはホワイトフェルか?」

クリスチャンの声は息切れのあまりかすれている。

「そうだ。それがどうした?」

スウェインの答えは決闘を覚悟の挑戦だった。

「キスしたか?」

あんまり単刀直入な問いだったのでスウェインは一瞬ひるんだが、みるみる顔色が赤黒く変わった。この対決をホワイトフェルをめぐる兄弟同士の恋の鞘当てとしか考えていなかった彼は、弟を嫉妬に狂わせるほどの得意顔を突きだした。

「知りたいのかい」

「スウェイン。ああスウェイン。どうしても知る必要があるんだ。すると、もうキスしたんだな」

あまりにも絶望的なその声にスウェインはむらむらと腹をたてた。嫉妬のあまりとはいえ、そんな生意気を許せるものか。もう我慢ならない。

「腰抜けめが!　女のキスぐらい自分で勝ちとれ。俺のことは俺の勝手だ。俺がキスしたい女がお前の相手になんかなるもんか!」

スウェインの誤解をはっきりと悟ったクリスチャンは叫んだ。

「あ、あの女は……魔物なんだぞ。兄貴はめくらか、気でも狂ったのか?　なんとかしてあの狼女から兄貴を救わなくちゃ!」

なんたる卑怯な言いがかりとばかりスウェインはますます憤って弟に飛びかかり、たちまち二度目の激しい格闘が始まった。

絶望の極みに達していたクリスチャンは、慎重さを捨てた。ちらりと目に入った女の影を見てはなおのこと、追うにはまず兄を殴り倒さなくてはならない。

ありがたいことに彼の手には熊よけの槍があったから、スウェインと互角ということになる。兄に立ち向かうと彼はさっと熊槍を逆手にかまえ、柄の先で突きあげた。その一撃でスウェインが仰向けに倒れた瞬間、早足では並ぶもののないクリスチャンはすばやく横に飛びのいて走りだした。

やっと立ちあがったスウェインは思いがけない弟の攻撃に怒りながら、同時に驚いてもいた。弟が卑怯者でないことはよくわかっている。負けておそらく赤恥をかくとわかっていても、あえて逃げだすような男ではない。しかし自分が追ったところで追いつけないことは明らかだ。後になって自分が上手に出ることを考え、今は我慢するに限る。ホワイトフェルは右に、クリスチャンは左に向かった以上、ふたりが顔を合わせるはずはなかった。

クリスチャンはさっきスウェインが飛びかかってくる直前、ちらりと目に入った影に望みをかけていた。暗い空を背景に家の後ろの峰にそって動いていく何かが見えたのだ。もう運と自分の早足に賭けるしかなかった。もしそれがホワイトフェルだったら、おそらく開けた荒野のほうに向かっているに違いない。

このまま崖に突進して切りたった絶壁を跳びおりれば、ひょっとすると彼女の前に出ることができるかもしれない。そうなったらどうするかなどということは、彼の念頭にはなかった。まかりまちがえば命を落としかねない必死の跳躍だった。

くぼみにおり立ったクリスチャンは息をつぎ、すばやくまわりを見回した。彼女はもう通り過ぎたあとだろうか？

いや、その一瞬のち、走るともなく歩くともなくなめらかに滑るような速さで、彼女は音もなくやってきた。体にしっかり巻きつけた毛皮のなかで腕を組み、帽子の房は顔の周りに結ばれて、目ははるか遠くを見つめている。こうして彼女のペースはクリスチャンの出現に妨げられるまで、規則的に続いてきた。

「フェル！」

半分にちょん切られた名をきくなり彼女は鋭く息を引き、スウェインの弟と向き合った。目がぎらぎら輝き、上唇がもちあがって鋭い歯がのぞいている。殺意のこもった不気味な呼びかけには、クリスチャンの決死の覚悟がうかがわれた。

それでも彼女は毛皮の衣を足もとに広がるほどはだけて、優しい声で話しかけた。

「何かご用？」

「お前にキスされたロルは死んだ。そしてお前がキスしたトレラも死んだ」

クリスチャンは厳しく非難を浴びせた。

「お前は兄貴にもキスしたが、彼だけは決して死なせはしないぞ！」

「だが真夜中までは生かしておいてやる」

歯と目をぎらぎらさせたまま彼女は一瞬右手で腰の斧に触れたが、無言のまま体をひねって雪のうえを駆けだした。

　クリスチャンも横に半歩離れてあとを追う。ほかに動くもののない星空のもとに広がる荒れ野の雪のなかを、ふたりはこうして無言のまま、つかず離れずひた走っていった。彼は今ほど自分の力をありがたく思ったことはなかった。持って生まれた俊足と鍛えあげた耐久力とが、今こそものを言う。真夜中までにはまだかなり時間があったが、このフェルとかいう化け物がどんなに速く走ろうと、逃がさない自信があった。とはいえ、愛する兄はやむなく打ちのめしたにせよ、女を打ち殺すことだけはどうしてもできない。ついに変身のときがきて女の姿を盾にすることができなくなれば、スウェインを守るため相手を殺すか、こっちが殺されるかだ。

　一キロ、二キロとふたりは走り続けた。先頭にホワイトフェル。その横に一歩さがってクリスチャンが遅れずついて走る。風になびく彼女の毛皮がときに彼の顔にあたるぐらいの近さだ。女は口を結んで一言も発せず、彼も無言だった。振りむきもせず身を翻して避けることもせず、足もとがなめらかであろうと険しい岩地であろうと、彼女はまっすぐ前を見つめて走っていく。その耳元に、クリスチャンの乱れを見せぬ足音と呼吸が離れずついていった。

　しばらくすると彼女は速力をあげた。クリスチャンは彼女のスピードをあっぱれと思いながらも、それに苦もなくついていける自分の走力を誇らしく思った。けれども、彼女がさらに足を速めると、さすがにかつてないほど力を試されることになった。宙を飛ぶような彼女の足はたしかに彼のより速かったが、歩幅の差があったからこそ彼はやっとそばを離れず走ることができたのだ。しかし高揚した彼の心には、負ける恐れなどは露ほども浮かばなかった。

こうしてこの決死の競走はなおも続いた。ホワイトフェルは決して速度をゆるめず、真夜中までには追っ手を撒いてしまえる自信に満ちてなおも走っていた。クリスチャンにもまだ自信があった。何はともあれ負けるわけにはいかないのだ。いや絶対に負けるものか。ロルとトレラの仇を討つだけでも十分な動機だったが、スウェインを救うためならなおのこと必ず勝たなくてはならなかった。なにしろ彼女はスウェインにキスしてしまったのだ。その死の刻印からぜひとも兄を救わねば。そのためには、どうしても負けることはできなかった。

かつてこんな競走はあったためしがない。……星座が夜中めざしてつぎつぎと空に昇っては沈んでいくあいだ、一時間、そして二時間とこの激しい競走は続いた。だがその時、クリスチャンをぞっとさせる音が聞こえてきた。樹々にふちどられた斜面のあたりに暗いものが動くのが見え、甲高い叫びに続いて恐ろしい遠吠えがひびきわたったのだ。続いて背後の白い雪のうえに狼の群れが走りだしてきた。狼だけなら何もおそれることはなかった。これだけの速度で走っていれば、いくら四つ足の狼だって追いつけはしない。けれども恐ろしいのはホワイトフェルの奸智だ。同類の狼どもの鋭い牙を利用しないはずはない。

彼女は狼に目もくれず合図を送る様子もなかったが、何があろうと絶対逃がすまいとクリスチャンは一瞬あせり、走りながら毛皮の裾をぐいとつかんだ。とっさにホワイトフェルは獣そのものの目と牙をぎらぎらさせて振り向き、クリスチャンの手めがけてきらめく斧をふりおろした。手首をたたき割られながらも彼は熊槍で立ち向かったが、その柄も斧で断ち割られ同時に腕の骨を砕かれて、熊槍を手放すしかなかった。

それからふたたび彼女と彼は走りはじめた。ずたずたに切り裂かれて役に立たなくなった血まみれの左手をひきずりながら、クリスチャンはそれでも遅れを取らずなおも追いすがっていく。目と牙に憤怒をぎらつかせた女の喉から不気味な唸り声があがった。

それを聞いたクリスチャンは、激しい傷の痛みに耐えながらこの「けもの」から迸《ほとばし》る危険を改めて思い知った。振り向いてみると、このとき追いついた背後の狼の群れはたちまち身を低めて横にそれ、追跡の雄叫びはきゃんきゃんという甲高い啼き声と哀れっぽく鼻をならす音に変わっていた。このフェルという魔ものは、同類の動物にすらそれほどの恐怖を感じさせずにおかなかったのだ。彼女は、まとった毛皮が足の邪魔にならないよう、裾を膝までの長さで体にしっかりまきつけていた。あいかわらず頭を高くあげ口をきっと結んで規則的に鼻で息をしている。こんなに長時間走り続けているのに、疲れた様子はまったくない。

いっぽうクリスチャンの苦痛は目にあまるほどだった。啜り泣くような呼吸が苦しげで、頭は重く心臓は破れそうだ。たとえ熊槍があっても、重荷でしかなかったに違いない。幸か不幸か脳は鉛のように鈍り、深手を負いながらこの恐ろしい獣を追っている絶体絶命の自分の姿がピンとはこなくなっていた。しかも、鋭い斧をもった闘志満々のこの女は、時が来ればもっと恐ろしい牙のある獣になるはずなのだ。

真夜中になるまでの一時間近くを、星座はゆっくり回り続けた。

彼の頭はもうろうとして、彼女が真夜中の星を避けて北回帰線のまわりを数えられないほどの日数かけて走りに走ったあげく、ついに速度をゆるめるか、あるいは彼のほうが倒れてしまうまで無限に走り続けるのではないかと思われた。しかし彼はまだ倒れはしなかった。どのくらいのあいだ彼は祈り続けていただろう。初めのうち彼は自信にあふれ、祈りなど無用だった。ところが今は胸を破って飛びだしそうな心臓をなんとか抑え、頭脳がしなびて消えてなくなるのを防ぐものは、もはや祈りしかなかったのだ。砕けた左腕に何やら牙の鋭いけものが噛みつき食いさがるのが感じられたが、見ることも振り放す暇もなかった。ただ祈りだけが、ときおりそれを払いのけてくれたようだった。

そのうち目の前の澄んだ星が震えはじめたが、そのときまで、雪の積もった土手や揺れる樹々にまぎれていた不吉な群れが、いよいよ迫ってきた。遠巻きにしていた群れが今は姿を現して彼の無力をあざ笑い、同類の彼女に真の姿を現すよう促しながら皆でひたひたとあとをつけてくる。背後の空気がたて混んできて、無数のつぶやきでいっぱいになるのを感じたけれど、見ようとしても身軽な相手は素早くて目にもとまらない。でもそこにいるのは確かに感じられた。なぜなら振り向くたびに、雪の土手が押し寄せてその姿をかくし、樹々が幹を捻って枝のなかにそれをかばうのが見えたからだ。

そのあとしばらく星が落ち着いた。するとまた音なく凍った灰色の世界が無限に伸びていく。聞こえるのはひた走る白い女の規則正しい足音だけ。歩幅の長いクリスチャンの足音が少しずれて激しい呼吸とともにそれを追う。頭がはっきりする瞬間には、どんなに苦痛が激しくても夜中の星がのぼるまで断じて彼女の力に屈せず、決してとり逃すまいという決意しかなかった。そのうちまた背後の群れの呟きや競り合いが、彼の目の隅をちらちらしながらしだいに濃くなってくる。

ふいに、この競走は意地悪く中断された。

ホワイトフェルが身を翻して右に飛びのいたのだ。予期していなかったクリスチャンは、目の前にぱっくり口を開けた深い穴を避けるひまもなく、とっさに使えるほうの手で彼女の右腕をつかんだ。運良く彼女の跳躍と前にのめる彼の勢いとが釣り合ったおかげで、ふたりはもつれあいながら穴を飛び越えることができた。穴に落ちて命を落とさずにすんだとほっとするいとまも与えず、怒りに燃えたホワイトフェルは彼の腕を振り離そうと歯がみしながら、自由なほうの左手に斧をつかんで打ちおろした。左手の仕業とはいえ斧の直撃を受けたクリスチャンの右腕はだらりとたれさがり、このすきに数歩先に進んだホワイトフェルに遅れをとるまいと走る拍子に、傷ついた腕が前後に振れて恐ろしい激痛が全身を貫いた。

あわやの命拾いと新たな激痛にクリスチャンの感覚は目覚めた。追っているのはまがいもなく死の化身なのに、深手を負った彼はまったく無力だ。それを見た彼女がどんな動きに出るかは、もう彼女しだいで、もはや復讐も救いも望めなかった。ただなんとか死のキスからスウェインを救いたい一心で、クリスチャンはなおもホワイトフェルに追いすがった。しかしこんな体で真夜中まで彼女を追いつめられるだろうか。真夜中と同時に人を惑わす女の化けの皮がはがれ、永遠に獣の体になるのをこの目で確かめること。元の目的を果たす望みは、もうこれしか残っていなかった。祈っているつもりでも、魂のなかから絞りだせる言葉はもう呻きしかなかった。

「スウェイン、ああスウェイン!」

真夜中までまだ半時以上残っている。星は刻々と登っていくけれど、両肩からぶらさがった腕の激痛と、破裂しそうな心臓と、なえて消える寸前の意識とが、足を進める意志の力をそいでしまいそうだった。

ホワイトフェルの毛衣は今では端も襞も残さずすっかり体にまといついていた。走者の姿勢にしては、奇妙にのびて前のめりになっている。そしてときどき大幅に飛躍して速度を増し、クリスチャンはその差を縮めるのに苦しんだ。

真夜中の星がいよいよ事の終末を告げようとするころ、背後のどす黒い群れはますますやかましい音をたててふたりを追いはじめた。いったいどんな姿をしているのだろう？ それがわかる時がくるのだろうか？ 前を走るこの化け物が正体を現すまで追いつめる目的さえなければ、振り向いて背後の連中を追い散らしたいぐらいだ。だがこうして走っていることだけが彼を支え、苦痛に耐えさせているのだった。足を止めようものなら、呼吸の苦しさから逃れるため死んでしまうことだろう。

なぜ星は震えるのをやめたのだろうか？ 最後の瞬間がきたのに違いない。前のめりに跳ねていくこの白い生きものは、振り返って獰猛な目つきで彼をにらみ、勝ち誇ってあざ笑った。嘲《あざけ》るわけだった。もう何秒かのうちに彼女は彼から完全に逃げおおせるだろう。道の片側は凍った険しい下り斜面、もう片側は切り立つ急な断崖、そのあいだにはわずかに足をおくだけの隙間はあるが体を入れる余地はない。両側から突きだしている檜の枝をつかんで、やっと滑り落ちずに進めるのだった。

最後の一瞬が来るというとき、前を行くものは両の手を使うこともできない哀れな追っ手を振り返りざませせら笑った。その笑いが終わらないうちに、最後の気力を振り絞ったクリスチャンはすばやく彼女を追い越し、まん前に立ちはだかった。

勢いあまった彼女は止まるいとまもなく、獲物にとどめをさす野獣さながらクリスチャンめがけて飛びかかってきた。彼は手が砕かれた左腕と、切り裂かれて役立たない右の腕先の手とで、かろうじ

て相手の体を受けとめ、ふたりは折り重なって倒れた。しかししびれた手は滑って外れそうになる。それをはらいのけて彼女が自由になろうとする瞬間、彼は砕かれた骨の激しい痛みを耐えるため彼女の胴着の膝のあたりに噛みついた。とっさに稲妻のように斧をふりあげたホワイトフェルは、クリスチャンの首に一撃また一撃と鋭い刃をうちおろした。吹き出す鮮血に彼女の足はみるみる真っ赤に染まっていった。

星が真夜中を指したのはそのときだ。

クリスチャンの耳に届いた死の絶叫は自分の声ではなかった。その叫びは彼の歯がまだゆるむ暇もないうちにわき起こったからだ。初めのうち女の悲鳴だったその声は、叫び半ばに音を変え、獣の絶叫に終わった。そして死んでゆく彼の目に最後に映ったのは、ホワイトフェルの姿が獣に変わり、しかも不思議なことに生が死へと一転したことだった。無私の心で兄のため進んで流したクリスチャンの命の血こそ、魔物の呪いを解く聖水よりもっと清くもっと強力だとは、想像すらしていなかった。兄を救えたという大きな喜びが、孤独な心には入りきれないほどふくれあがった。たとえその頭脳が消えてなくなり、耐えがたい大きな心の痛みが首から深紅の血となって迸りでたとしても、また勢いづいて背後から迫る黒いものどもがたとえ彼の感覚をすべて消し去ったとしても、彼のこの喜びに勝てるものではなかった。

灰色の朝まだき、スウェインは男の足跡を見つけた。それは崩れた雪のなかに刻まれた走者の足跡だったが、彼はその方向に好奇心をそそられた。行く先には鋭く切り立つ断崖があり、足跡はそこにぶつかるはずだったからだ。彼は身を翻してその跡をつけることにした。歩幅はまさしく、彼が走ればちょうどこのくらいになる。まぎれもなくクリスチャンの足跡だった。

夕べは腹を立てていたので、一晩中弟がいなかったことを気にしまいとしていたのだったが、その足跡の行方を見た今は良心の呵責と恐怖に迫られた。哀れな双子の弟が狂おしく死に急いだかもしれないというのに、何の心遣いもしてやらなかったのだ。

足跡が絶壁でとぎれた地点まで行ったとき、彼の心臓は一瞬止まった。崖に積もった雪も崩れ落ちていたが、のぞいて見ても雪のほかは何も見えない。下に滑りおりられるようなくぼみがやっと見つかるまで、彼は崖の端を伝っていった。そして下の段の崩れた雪に戻ると、そこからまた新たな勢いでひた走る足跡がはじまっているのが見えた。

自分でさえ跳びおりることのできなかった絶壁を跳んだ人間がいたことに腹をたて、さらにクリスチャンがこんな狂気にはやる目標を察して気分を害したスウェインは、半ば無意識に弟の足跡を追いはじめた。しばらく行くと、足跡がふたつになっているところがある。もうひとつの足跡は女のもののように小さかったが、歩幅はスカートの裾が許すよりずっと長い。

ホワイトフェルの足跡に違いなかった。恐ろしい予感がした。あまりの恐ろしさに信じまいとしたスウェインは色を失い、一瞬心臓が止まった思いで喘いだ。よく見ると小さいほうの足跡が速度とともに変わってきており、足先の跡は深く踵のあとは浅くなっている。ホワイトフェルでなくてこんな走り方ができる女がいるだろうか。もうひとつの足跡にせよ、クリスチャン以外にこんな走り方ができる者はいない。予感は確かな現実となった。彼がつけているのは、暗夜をついてホワイトフェルがクリスチャンに追われている一対の足跡だったのだ。

なんという卑劣な行為。スウェインの心は激しい怒りでふくれあがった。崖にたどりつくまでは気弱ながら愛と賞賛に値すると思っていた弟が、これほど卑劣だとは。もう殺さずにはすまない。たとえここについている足跡ほどの寿命があろうと、復讐ですべてを打消してやる。彼は殺意と憤怒に燃えて、はっきり見える足跡を追って急いだ。初めは爆発的だった彼の速度もそう長くは続かず、しだいに啜り泣くような息をつきながら重い歩を進めていく。彼はクリスチャンを呪い、情熱をこめてホワイトフェルの名を呼んだ。キスのあと顔を輝かせて身軽に去っていった恋人が、すぐさま嫉妬に狂う弟に追われるという堪え難い苦痛と屈辱で、スウェインの悲しみは激昂に変わっていた。愛するホワイトフェルが命からがら逃げているというのに、自分はのんびり家で寛いでいたのだ。もしそれと知っていたら、愛とこの力とで彼女を守ることもできたのに、今彼女のためにできることといえばクリスチャンを殺すことしかない。

スウェインの知っているホワイトフェルは、速度といい体力といい誰にも負けはしなかった。しかしクリスチャンを速度と力で負かせる男は誰ひとりいない。彼女がどんなに勇敢で足が速かったとしても、クリスチャンほどの速度と力に勝てるだろうか。しかもクリスチャンは恋を勝ち得た双子の兄への嫉妬と復讐に狂っているのだ。破裂しそうな心臓を抱いて一キロまた一キロとスウェインは跡をつけていった。こんなに長いあいだ速さで名高い弟のスピードにも負けず、ホワイトフェルは健気に頑張っている。長時間にわたり長距離を行くにつれ、スウェインの感嘆は増すばかりだった。それといっしょに憤慨と悲しみもふくれあがっていく。足跡がはっきりしているところに来ると彼は死物狂いで走ったが、むろん長続きするはずもなく息が切れ、やがて足取りも重くなってくる。時には凍った池や颪に吹き飛ばされて跡が消えることもあったが、彼らの進んだ方向はまっすぐだったので、ちょっと左右を探せばすぐまた見つけることができた。

こうして何時間経ったことだろうか。その冬の夕暮れが迫るころ、スウェインは雪がたくさんの足跡で乱れているところに来た。それは狼の群れの足跡で、現れたと思ったらあっという間にどこかへ消えている。さらにわずか行ったところに、クリスチャンの熊槍の先が落ちており、そのもう少し先に役に立たなくなったその槍の柄が投げだされていた。辺りの雪に血が飛び散り、ふたりの足跡はかなり近づいている。スウェインの喉から笑いのようなかすれた勝利の叫びがあがった。

「ああホワイトフェル、おれの勇敢な恋人。良くぞやった！」

彼女が振り向いて打ちかかったところを想像したスウェインは、追われる恋人を哀れむ気持とその勇気に感嘆する心とがもつれて呻き声をあげた。この足早のふたりのすばらしい耐久力に驚嘆しながら、スウェインはなおも先へと苦しい歩みを進めていった。けれど彼が暁から夕暮までかけてえんえんと辿ってきたこれだけの距離を、深夜までのたった三時間で走り抜いた彼らの驚くべき速度までは気づかなかった。

すでに日が翳りはじめるころ彼は古い泥穴の端にさしかかったが、そこにはふたりが必死の闘いで踏み荒らした跡が歴然としていた。雪のなかにおびただしく散る新しい血しぶきは、憎い弟から敢然と身を守って闘ったホワイトフェルの勇気を物語っている。スウェインは弟の出血が凍って止まったらしいところまで血痕を追いながら、クリスチャンの傷の深さに残忍な喜びを感じ、さらに決定的な打撃を加えたいという殺意にかられていた。今までの絶望のなかに一縷の希望が芽生え、それが弟の血を見ることでますます強まってくるようだ。たとえその終りがどんなに悲惨なものであっても、とにかく決着を見るまでは休むわけにいかない。何十キロもの苦しい道のりに喘ぎながら、彼は焦りと希望と絶望に代わる代わる襲われながら、それでも必死で先を急いだ。

空は光をしだいに失い、星が覚束なげにまたたきはじめていた。そして彼はついに終局の場に辿りついた。

狭いところにふたつの体が前後して横たわっている。ところが、ひとつはクリスチャンだったが、向こうに見えているのはホワイトフェルではなかった。続く足跡の終わりに横たわっていたのは、巨大な白狼だったのだ。それを見たとたん、スウェインは心も力も萎え果て、死んだようにくずおれた。

かなりの時がすぎて彼がやっと動きだすころには、無数の星が空に輝きはじめていた。彼はやっとのことで弟に這いより、それ以上動くことも見ることもためらわれるかのように、じっとその体のうえに手をおいた。すでに死後時間が経っていたので、クリスチャンの体は冷たく硬くなっていた。けれども彼の死んだ体だけが、それからの最も苦しい時間のあいだスウェインを守る唯一のよりどころとなったのだ。心の慰めをすべてはぎ取られた赤裸々な姿をむき出しに、うちしおれた生き身の人間が震える体を屈めて死者にとりすがり、この世を去った弟の清い魂に救いを求めている。

やがて膝をついて身を起こしたスウェインは、両腕を広げて雪のうえにうつ伏せに倒れているクリスチャンの体を抱きおこした。けれども霜で凍ったその体は不気味な形にかたまったままスウェイン

の腕になじまない。彼はいったん下におろし、低い悲痛な呻き声とともに上から両腕でもう一度しっかり抱きあげた。弟の体を持ちあげるだけの力を振り起こした兄は胸になきがらを抱きしめ、勇をこして向こうに横たわる「あのもの」を見ようとした。けれど一瞥しただけで総身に恐怖の戦慄が走り、手足の力が抜けてしまう。ひるんで気を失いそうだったが、弟の体を抱いていることが唯一の力になって「あの化けもの」から目を反らさず、すべてを心に刻みつけることができたのだ。よく見ると白狼の体には傷ひとつなく、ただ後肢がクリスチャンの血にまみれているだけ。死んでもなお、大きな顎は残忍な笑いを浮かべたままに硬直している。あのキスを思い出すとスウェインはもはや耐えられなくなり、顔を背けて二度と見ることができなかった。

あのものの恐怖を十分悟っていながら兄のために追跡し、兄のために苦しみ、命を捨てて挑んだ弟は、死んで彼の腕のなかにいた。首には深い傷を負い、両手と片腕には赤黒い血が凍りついている。兄のために流した血だ。スウェインは死んで初めてクリスチャンを知ることができた思いだった。生きているあいだは愛情や尊敬を注ぐほど彼を知らなかったのだ。見た目と力が自分ほど完璧でなかったせいで、あんなに純粋な寛い心を当たりまえのように思っていた。その自分はどうだ。心のなかに真実を見る目ももたず、自分のために命まで捨ててくれた弟を蔑み意地悪くあしらってきたこの無神経な自分は、まったく彼の犠牲に値しない人間ではないか。弟の清い愛に値しないわが身を思うと、苦しみのあまり消えてなくなりたかった。クリスチャンの顔に凍りついた死の静けさを見れば、なおのこと辛い。けれども死にいたる恐怖のキスでつい最近汚され呪われた唇で、彼の顔に触れることはとてもできなかった。

クリスチャンを抱いたまま、スウェインはやっとのことで立ちあがった。死者の体は腕を拡げたまま真っ直ぐ立ち、首はやや傾いて目はうっすらと開いている。その姿といい両手の血といい、まさしく十字架にかかったキリストそのもののように見えた。

死者と生者はこうして共にもと来た道を帰っていった。この道はひとりが無私の愛を、もうひとりが深い憎しみを燃やして辿った道だ。弟が自分のためにすでに死んでいるとも知らず、見当はずれの憎悪と殺意に燃えて呪いつつ辿った道を、スウェインは一夜かけて弟の死体の重みに耐えながら一歩一歩戻っていった。

背の悲しい重荷に腰を屈めた頑丈な男を、厳しい寒さと沈黙に閉ざされた暗い夜がすっぽり包みこんだ。その夜、彼はたしかに地獄に入ったのだ。そして家路を辿るあいだずっと地獄の火を踏んでいた。その劫火に耐えられたのは、クリスチャンが共にいてくれたからなのを彼は悟っていた。クリスチャンは彼にとってのキリストとなり、彼を罪から救いだすために苦しんで命を捨ててくれたのだ。スウェインは心からそう信じた。

ブルターニュ伝説

向こう岸の青い花

The Other Side: A Breton Legend［1893］

エリック・ステンボック

Eric Stenbock

「いえいえ、べつに好きで止められないってわけじゃないんですけどね、なにしろ、いただいたあとはずっと気分がよくなるもんで。それじゃイヴォンヌさん、もうほんの一滴だけ」

暖炉に燃える火のまわりに集まった年寄りたちはみな、薄めたブランディのあついのをふるまわれ（むろんリューマチの薬という口実で）、パンケル婆さんの話に耳を傾けるのだった。

「そうそう、それで丘のてっぺんについてみると、なんと真っ黒い蠟燭《ろうそく》が六本と、そのあいだに何だかよく見えないものが立っている祭壇があってね。その祭壇で、顔は人間、長い角の生えた黒牡羊が、なにやらわけのわからない言葉でミサを唱えはじめたじゃないか。おまけに黒い猿みたいな奴が二匹、聖書とワイン入れをもって歩き回っている。そうだ妙な音楽もあったっけ。上半身は黒猫、下半身は人間だが脛《すね》に黒い毛がびっしり生えた連中が、バグパイプを吹きながら高台のところまでくると……」

その夜は年寄りに混じって少年がひとり、炉端の敷物に寝そべっていた。大きな美しい瞳を夢見るように見開き、半ば恐怖半ば恍惚に酔って手足をピクピクさせている。

「おばさん、それってみんなほんとうの話？」

「ああ、もちろん正真正銘、ほんとうのことともさ。おまけに話のヤマはこれからだよ。そこへ子どもを引っ張ってくるんだから……」

ここまで言うとパンケル婆さんは牙のようにとがった歯を見せた。

「それで、おばさんも魔女なの？」

「お黙り、ガブリエル」

イヴォンヌ母さんが口をはさんだ。

「なんだってそんな恐ろしいことが言えるんだね？　おや、それに子どもはもうとっくに寝てるはずの時間じゃないか」

そのとき外から、世にも不気味な音が湧きあがるように聞こえてきた。狼の遠吠えだ。まず二声三声の鋭い叫びにはじまり、絶望と残忍さの混ざりあった絶叫が長く尾をひいたあげく、永遠の悪意のこもった低い呟きにおわる。

皆は思わず身震いして十字を切った。


そのあたりには森と村と小川があり、村は小川のこちら側にある。村人は決してその小川を渡って「向こう側」へ行こうとはしない。村の側では何もかもが陽気で緑の樹々が茂り、果物も豊かに実っているのに、小川の向こう側の樹は緑の葉を出すこともなく、昼間でさえ暗い影におおわれていた。しかも夜になると、人狼や一年のうち九日だけ狼に変えられてしまう哀れな人間どもの吠え声がひびいてくる。それにひきかえ川のこちらの緑の側では、狼など見かけたこともなかった。そしてこちら側と向こう側とは、ただ一筋の銀色の川の流れで隔てられていた。

春が来ると村の年寄りたちはそれぞれの小屋の前で日向ぼっこを楽しみ、炉のまわりに寄り合って「向こう側」の話をすることもなくなってしまう。だがガブリエル少年だけは川向こうに恐怖の混ざった魅力でも感じるのか、よく小川のほとりをぶらついていた。

おとなしくて優しい性質のガブリエルは、いきおい同年輩の少年たちのあざけりといじめの的になった。きれいで珍しい鳥でさえ籠の外では、すれっからしの雀どもにつつき殺されたりするものだ。腕白どものなかのガブリエルはまさにそれだった。母親のイヴォンヌはがっしりした女あるじだというのに、よくもあんな「他のガキどもとは正反対の」夢見るような不思議な目をした子を産んだもんだと人びとはあきれた。ガブリエルの友だちといえば、毎朝ミサを手伝わせてくれるフェリシアン神父と、なぜか彼を好きなカルメイユという少女だけだった。

その夕方ガブリエルは未知のものを恐れながらも、その魅力に勝てず、陽はとっくに沈んだのにまだ小川のほとりをさまよっていた。日没とともに大きな満月がのぼり、その明るい光は川の両側をくまなく照らしだしている。月光のもと川向こうの岸に、深い青色をした大きな花が咲いているのが見えた。そして身も心も酔わせるような不思議な香りが、こちら側の岸に立つガブリエルのところまで漂ってくる。彼は矢も盾もたまらず向こう岸に行きたくなった。

「一歩だけなら渡っても大丈夫だろう」と彼は思った。

「ただあの花を一輪摘んでくるだけなら、川を渡ったことなんか誰にも知れるもんか」

「向こう側」に渡ったのが知れると、必ず村人たちから憎しみと疑いの目で見られるのだ。でもちょっとだけ、とガブリエルは勇をこして小川の向こう岸に跳び渡った。

そのとき、雲から姿を現した月が異様な明るさで辺りを照らしだし、不思議な青い花の列が果てしなく続いているのが見えた。しかも、一輪摘もうとするとその向こうの花はもっと美しくみえる。どれを摘もうか、一輪といわずたくさん摘もうかと思案するうち、彼は知らず知らず奥へと踏みこんでしまった。月はあいかわらずこうこうと輝き、ナイチンゲールに似て、もっとよい音色の鳥のさえずりが聞こえてくる。ガブリエルの心は未知のものに憧れる気持でいっぱいになった。と、突然、黒雲が月をすっぽりおおいかくし、あたりがまっ暗になった。その闇をとおして何かを追う狼の叫びや吠え声が聞こえてくる。

そして彼の目の前を、火のように赤く燃える目をした恐ろしい黒狼の列が通った。それといっしょに狼の頭をした人間や、人間の頭をした狼が走り、その頭上には目を燠《おき》のように赤く光らせた黒フクロウやコウモリ、それに黒蛇のような長いものが群れをなして飛んでいる。列のいちばん最後には狼の番人が、醜い人間の顔をした黒牡羊の背に座って通っていったが、その顔は永遠の影にかくれて見えない。この忌まわしい狩りの行列が通り過ぎると、あとには前にもまして美しい月がこうこうと輝き、不思議な鳥がさえずりはじめ、あの真っ青な花の列が左右にどこまでも続いているのが見えた。ただひとつだけ前と違っていたのは、まぶしく光る長い金髪の女が青い花のなかを歩いていたことだ。一度だけこちらを振り向いた彼女の目は、まわりの不思議な花と同じ深い青色だった。

そして彼女はなおも歩き続けていく。ガブリエルはどうしようもなく引きずられるようにそのあとについて行った。

ところが月がふたたび雲に隠れたとき見ると、彼が追っているのは美しい女などではなく一匹の狼ではないか。彼は震えあがり身をひるがえして逃げだした。途中であの奇妙な青い花を一輪もぎ取り小川を跳び越えると、一目散に家に駆け戻った。

無事家に辿りついたガブリエルは、母が喜ばないことをわかっていながら、どうしても手にした宝

物を見せずにいられなかった。案の定、その青い花を見たとたんイヴォンヌ母さんは血の気を失い、

「まあ、お前いったいどこに行ってきたの？　これはたしか魔女の花だよ」

と言うなり、息子の手からそれをもぎとって部屋の隅に放り投げた。するとあの美しい色も香りもたちまち消え、花は無残にも黒焦げになってしまったのだ。ガブリエルはものも言わずふくれっつらをして座りこみ、その晩は夕食をもらえなかったので二階の寝室に引っこんだ。でも、とても眠るどころではない。まんじりともせず家中が寝静まるのを待ち、白い寝間着姿のまま裸足でそっと下におりていった。

ガブリエルが床の冷たい敷石のうえを忍び足でさっきの花に近寄り、拾いあげて暖かい心臓近くに抱くと、焼け焦げた花は息を吹き返したようにますます美しい花びらを開いた。そして彼は深い眠りに落ちた。その眠りのなかで、これまで聞いたことのない微妙な音が溶け合って流れるような言葉の低い歌声が、窓の下から聞こえてきたような気がしたけれど、自分の名前以外には何ひとつ聞きとれなかった。

翌朝、彼は例の花を胸に抱いてミサの奉仕に出かけていった。

「われはいま神の聖壇の前にひれ伏す」

ミサを始めた神父が唱えると、ガブリエルは応えた。

「わが青春にいたずらなる喜びを与えたもう神の前に」

いつもと違うその奇妙な返句に驚いたフェリシアン神父が振り向いて見ると、少年の顔は真っ青で目はうわずり手足がこわばっている。そしてそのまま気を失ってばったり倒れてしまった。礼拝堂の

聖具係は仕方なくガブリエルをかついで家に運び、代わりの助手を探す始末だった。見舞いにやってきたフェリシアン神父に、ガブリエルはなぜか青い花のことを言いだせず、生まれて初めて神父に嘘をついた。

午後も遅く陽が落ちようとするころ、カルメイユが外の新鮮な空気を吸いましょうよと誘いにきた。そこでこのカモシカのような目をした少年ガブリエルと、波打つ髪の少女カルメイユとは手をつないで歩きだした。行く先はうすうす気がついていたものの、何か知らないものに導かれてどうしても抵抗できず小川のそばまで来てしまい、ふたりは川岸に並んで腰をおろした。

ふと彼女に秘密を打ち明ける気になったガブリエルは、例の花を胸から取りだして見せた。

「ほら見てごらん。こんなきれいな花見たことがあるかい?」

カルメイユはそれを一目見るとさっと青ざめ気を失いそうになりながら

「ああガブリエル、それはいったい何の花? ちょっと触っただけで気分が悪くなったわ。その香りもきらいよ。何だか普通じゃないもの。ね、捨てましょうよ」

と言うと、彼が止めるひまもなく、花を投げ捨ててしまった。すると花はたちまち色香を失い、焼け焦げてしまったのだ。それだけではない。その花が落ちたところに一頭の狼が現れて、ふたりをじっと見つめている。

カルメイユは悲鳴をあげてガブリエルにしがみついたが、狼は目をそらさずにじっとこちらを見つめて立っている。その目は昨夜「向こう側」で見た狼女と同じ不思議な青い目だった。

「逃げなくても大丈夫だよ。あんなに優しい目をしているんだから何もしやしないさ」

「だってあれは狼じゃないの」

カルメイユは恐怖で全身を震わせている。

「大丈夫、何もしやしないったら」

ガブリエルはなぜかけだるそうに言ったが、怖さに震えあがったカルメイユは彼の手をつかむと、むりやり引きずるようにして村に駆け戻った。

彼女から狼出現の知らせをきいた村の若者たちは早速集まってきた。小川のこちら側に狼が現れたことは未だかつてない。彼らは勇み立って翌朝大々的に狼狩りをやる計画をたてたが、ガブリエルだけはひとり離れてものも言わなかった。

その夜彼は一睡もできず、しかも祈りを捧げることがどうしてもできなかった。

ただ窓のそばでシャツの胸を開き、あの青い花を心臓のところに抱いてじっと座っていると、また昨夜と同じ低く流れるような言葉が聞こえてきた。

マ　ザラ　リラル　ヴァ　ジェ　……
カマ　セラジャ　ラジャ　ラジャ……
ルズハ！

夜の闇をとおして、彼の目にはあの金髪の輝きと神秘に光る紺青の瞳が滑るように通っていくのが見えた。どうしてもついて行きたくなったガブリエルは、半裸で裸足のまま夢見る目つきでそっと階段をおり、夜へと足を踏みだした。

女はあの不思議な青い目でまた彼を見つめた。その目には優しさと情熱と、そして人間には知ることのできない深い悲しみが溢れていた。行く先が小川なのはもうわかっている。そこまで来ると彼女はガブリエルの手をとって親しげに、誘った。

「ねえガブリエル、渡るのを手伝ってくれない？」

すると彼は、この女を生まれた時から知っていたような気がして、思わずいっしょに小川の「向こう側」に跳び渡ってしまった。でもいっしょに渡ったつもりだったのに、不思議にもそばには誰もいなかったようだ。向こう側に渡ってみると、彼のそばには狼が二頭立っている。ガブリエルは恐怖のあまり今まで殺生《せっしょう》など考えたこともなかったのに、そばにあった棒をつかんで一頭の狼の頭を力いっぱい殴りつけてしまった。

そのとたん、あの女が姿を現した。額から流れる血が美しい金髪を赤く染めている。

「こんなことをしたのは誰？」

彼女は恨めしげに彼を見つめた。

連れの狼に彼女が何事かを囁くと、その狼は川を跳び越えて村のほうへと走っていった。

「ああガブリエル、こんなに長いことあなたを心から愛しているあたしをぶつなんて」

嘆かれると、彼はまたこの女を一生知っていたような気がして頭がぼうっとなり、何も言えなくなってしまった。

彼女は奇妙な形をした緑色の葉を集めて額につけ、

「ここにキスしてちょうだい。そうすればよくなるから」

ガブリエルが言われたとおりにすると口のなかに血の味が広がり、彼はそのまま気を失った。

気がついてみると、彼のまわりを狼の番人とあの忌まわしい狼の群れが取りまいていた。

しかし今度は狩りのための集まりではなく、ガブリエルを中心に奇妙な車座を作っているのだ。周囲の樹々には黒いフクロウがとまり、枝からは黒いコウモリが逆さに吊りさがっている。この輪の真ん中にひとりで立たされたガブリエルを、何百もの目が悪意をこめてにらんでいた。いったいこいつをどうしてやろうかと相談しているらしい。夢のなかで窓の下から聞こえてきたあの奇妙な言葉で話している。

ふいに誰かが彼の手をとった。見るとあの不思議な狼女がそばに立っていた。続いて人間や半人間どもが吠え、獣たちが口々にわからない言葉で叫ぶ呪文の合唱がはじまった。すると今度は永遠に顔を影に隠したあの狼の番人が、遠くのほうからひびいてくるような声で話しはじめたが、ガブリエルには自分の名とリリスという彼女の名前のほかは何もわからなかった。そして体に腕が巻きついてくるのを感じた……。


目が覚めたとき、彼は自分の部屋にいた。やっぱり夢だったのか。それにしてもなんと嫌な夢だろう。それにこれはほんとに自分の部屋なのだろうか？　もちろん彼の上着は、いつものように椅子の背にかかっている。だが……十字架はどこに？　聖水、奉献したヤシの枝と聖母マリアの古い像、その前にいつも灯してあったランプ、毎日摘んで飾った野の花束は……むろんあの青い花だけはとても置けなかったけれど……どこに行ったのだろう？

いつもなら、朝いちばんにまだ夢で重いまぶたをあげてマリアに向かい、アベマリアを唱えて十字を切る。すると心が平和に満たされるのだ。だがなんと恐ろしいことに、今日はそれがない！　きっとまだはっきりとは目が覚めきっていないのだ。

この恐ろしい幻から逃れるため彼は祈りのしぐさをしようとしたが、どうしたことかそれが思い出せない。忘れたのだろうか、それとも腕が麻痺したのだろうか。

彼は動くこともできなかった。しかも祈りの言葉がどうしても出てこない。

「ア　ヴェエ　ヌンク　モルティス　フルクトゥス」

いやそうじゃない。でもそんなような文句のはずだった。もう目は覚めているらしいな。体は動くようになった。

彼は確かめたかった。起きあがって窓の外を見れば、古い灰色の教会堂の尖った破風に曙の光がさしていて、厳かな鐘の音が響いてくるはずだ。それから急いで会堂に走っていき、赤い法衣をまとって白いチョッキの編みひもを結ぶ。そして聖壇の長い蠟燭に火を灯し、尊いフェリシアン神父が現れて祭服を聖なる手で持ちあげては口づけするのをうやうやしく待つのだ。

だが今射しこんでいるのは曙の光だろうか？　まるで夕日のようではないか。小さな白いベッドから飛び起きた彼を、ぼんやりした恐怖が襲ってきた。やっと椅子につかまって窓のところによろめいて行ったが、教会堂の灰色の尖塔は見えない。その代わり、これまで行ったことのない深い森のなかにいるようだ。村の森ならどこでも知り尽くしているから、ここはきっと「向こう側」に違いない。

恐怖のあとにきたのは、なぜか、なんとなく快いけだるさと無気力だった。無抵抗に成りゆきに任せ、ありのままを受け入れる気持になっていた。見えない手の強い愛撫が水のように体のうえを通り過ぎ、肌にふれない衣にくるまれたような気がする。彼は機械的に服を着ると、いつものように階下へおりていった。

広く四角い敷石は以前どんな色だったかもう思い出せないが、今は奇妙な色とりどりの玉虫色に輝いている。ガブリエルはしだいに疑う心を失いはじめていた。いつもテーブルにコーヒーとパンが置いてある階下の部屋に入っていくと、奇妙なアクセントの優しい声が聞こえてきた。

「あらガブリエル、今日はずいぶんお寝坊ね」

見るとあの神秘な狼女リリスがそこに座っている。つやのある長い金髪をゆるく結び、黄色い服の膝に拡げた刺繍布に蛇のような不思議な模様を縫い取っていた。彼女は見覚えのある魅惑的な深い青い目で彼をじっと見つめ、言った。

「今日は遅くまで寝たのね」

「だって昨日は疲れたんだもの。コーヒーが飲みたい」とガブリエル。

夢のなかのそのまた夢なのだろうか。そうだ、彼はこの女を生まれてからずっと知っている。いつも一緒に住んでいたのかもしれない。彼女は森のなかを歩きながら、見たこともないような花を摘んでくれた。そして彼を青い目でじっと見つめながら、絶えず弦が震えるようなあの不思議な低い声でさまざまな話をしてくれる。

ガブリエルの体のなかで燃えていた生気はしだいに衰えてくるように見えた。そのしなやかな手足も快くものうげになり、彼はけだるい満足に充たされて自分の意志でないものに絶えず導かれている気持がしていた。

ある日散歩していると、リリスの青い目のような不思議な色の花を見つけた。それを見ているうち、かすかな記憶がちらりと彼の心をかすめた。

「この青い花は何だい?」

リリスは身をふるわせて何も答えない。しばらく行くと小川に行き当たった。ああ、この小川には見覚えがある。とそのとき、ふいに彼を縛っていた枷が落ちた。向こう側に跳び渡ろうとすると女が腕をつかんで力いっぱいひきとめ、全身をわなわなと震わせながら叫んだ。

「川を渡らないって約束して」

「この青い花の正体が、なぜ言えないんだ?」

「川を見てご覧なさい、ガブリエル」

川をのぞきこむと、両岸を分けていたあの小川と一見同じに見えるのに、水が流れていない。動かない水をじっと見つめていると、死者のための祈りの声が目に見えるような気がした。

「悲しきかな、汚れたるわれは」

ああ、でも目の前のこのヴェールが邪魔でよく見えないし、声もはっきり聞こえない。なぜ三重の半透明なカーテン越しのようにしか思い出せないのだろうか。でもたしかに僕のために祈っている。それにしても誰が祈ってくれているのだろう? 彼の耳にまたリリスの囁きが聞こえてきた。

「さあ、こっちに戻るのよ!」

彼はまたぼんやりたずねた。

「この青い花は何だい？　何に使うんだい？」

するとどこからか心をくすぐるような低い声が聞こえてきた。

「それはルリ・ウズーリ。眠っている人の額に二滴たらすと、深い眠りにおちるのよ」

彼は子どものようにされるままになっていたが、そのとき、力なく青い花を摘み取って手にもった。

さっきのあの言葉はどういう意味だろう？　そうして眠らされたものはまた目が覚めるのだろうか？

あの青い花はシミを残し、そのシミは拭っても取れないのだろうか？

明け方、眠っているガブリエルの耳に、どこか遠くから声が聞こえてきた。祈りの声だ。フェリシアン神父、カルメイユ、それに彼の母も祈ってくれている。

「死者の門よりわれを救いたまえ」という聞き慣れた言葉が彼の耳をうった。あれは彼の魂の平安を祈るミサなのだ。もはやここにいるわけにはいかない。あの小川を跳び越えればいいのだ。道はわかっている。けれども水が流れていないことを彼は忘れていた。ああ、それにリリスにはすぐ知れてしまうに違いない。どうすればいいだろう？

ふと見るとそばにあの青い花がある。そうだ。彼は輝く金髪に顔をかこまれて眠っているリリスにそっと忍び寄った。

二滴の花汁をその額に落とすと、リリスは深いため息をつき、その美しい顔には一瞬異様な苦痛の表情が走った。希望と悔いと恐怖に心を引き裂かれながらガブリエルは無我夢中で逃げだした。小川まで来たが、水が流れていないことは忘れていた。これこそ両岸を分ける「隔絶の小川」なのだ。ひとまたぎで向こう側に跳び移ればまた人間の世界に戻れる。彼は跳んだ。けれど……。

彼の身に変化が起こっていた。それがどんな変化だったか自分にはわからなかったが、どうも四つ足で歩いているような気がする。小川をのぞきこむと流れの止まった水が鏡になって彼の姿を映しだした。これはほんとうに自分なのだろうか？

ガブリエルは恐ろしさにおののいた。顔と頭は自分だが、体は狼ではないか。すると背後から嫌な嘲笑が聞こえてきた。振り向くと毒々しい赤い光を浴びて体は人間、頭が狼のけだものが立ち、憎々しげに彼をにらみつけながら大声で笑っている。それは人間の笑い声だった。けれども何か言おうとするガブリエルの喉からは、長く尾をひく狼の遠吠えしか出てこなかった。


さて、その異様な世界をいったんあとにして、今はガブリエルが昔住んでいた素朴な人間の村に戻ることにしよう。彼が朝食に姿を見せなかったときも、あのぼんやり息子にはざらのことだったからイヴォンヌ母さんはべつにびっくりしなかった。もっともこの時は、「きっと村の若者たちと狼狩りに行ったんだわ」と思った。別にガブリエルが狼狩り好きというわけではないけれど、「あの子は次に何をやるか見当もつかないんだから」と彼を良く知る母親は考えたのだ。

もちろん悪童どもは黙っていない。

「あの腰抜けのことだ、狼狩りが怖くてどっかに隠れているぜ。猫の仔一匹殺せねえ弱虫め」

このガキどもにとっては殺しこそが力のシンボルで、殺す獲物が大きければ大きいほどその栄誉も大きい。今までのところ獲物は雀や猫に限られていたが、いずれは軍隊の大将になるのが夢なのだ。

この子たちだってキリストの言葉を聞いて育ってきたはずなのに、その種はほとんどが脇へ落ちてしまい、花も咲かせず実がなることもなかった。「他の種は茨のなかに落ちた」という聖書の言葉のほんとうの意味を悟っている者はほとんどいない。

実際に狼が出たという点で狼狩りは成功だったが、向こう岸に逃げてしまう前にそれを殺せなかった点では、成功とは言えなかった。もちろん向こう岸にまで追っていく勇気のある者はいない。そもそも「異様なもの」への恐怖と憎しみほど、人びとの心に深く根ざしているものはないのだ。

何日かが過ぎたが、ガブリエルの姿はどこにもなかった。そのうちイヴォンヌ母さんは自分が一人息子をどんなに愛していたかつくづく身にしみてきた。あんまり自分に似ていないので、他の母親たちに「ガチョウの生んだ白鳥の卵」と憐れまれているような気はしてはいたけれど。

人びとはガブリエルを探しまわり、あるいは探す振りをした。皆で池までさらったぐらいだ。おかげで腕白どもは水鼠がたくさん殺せたので大喜びだった。カルメイユは隅に座って一日中泣き続け、ガブリエルみたいな子はろくなことにならないよと予言していたパンケル婆さんは、やはり隅に座ってひとりほくそ笑んでいた。青い顔のフェリシアン神父は心配そうだったが、すべてを神に任せる人だけに何も言わなかった。

村人たちは結局ガブリエルがどこにも見つからない以上、どこにもいない、つまり死んだのだと考えはじめた。片田舎の常識では、彼が村以外のどこかにいるかもしれないなどとは想像もできなかったのだ。そこで教会に空の棺台を置き、まわりに蠟燭を立てようということに相談がまとまった。

イヴォンヌ母さんは祈禱書にある祈禱文を始めから終わりまで、内容にかまわず指示の書きこみまで含めて洗いざらい唱えた。カルメイユは会堂の隅に座って涙を流し続け、フェリシアン神父は悪童どもに死者のための祈りを歌わせたが、彼らが池をさらう時ほど勇み立っていなかったのはむろんのことだ。その翌朝、暁の静けさのなかで神父の唱えた葬送歌と死者のミサが、川向こうのガブリエルの耳に届いたのだった。

そのあと病人のために臨終の聖餐をもって来てほしいという伝言を受け取った神父は、松明を灯し厳かな行列を作って「隔絶の小川」にそって歩きだした。

ガブリエルは人間の言葉で話そうともがいていた。だがいくら頑張っても、野獣の声のなかで最も恐ろしい狼の遠吠えしか出てこない。ひょっとするとリリスが聞きつけて助けてくれるかもしれないと思いながら、吠えに吠えた。そしてふとあの青い花を思い出した。あれこそが彼の呪いの始まりであり、終わりでもあるのだ。彼の大声は森中の生きものを起こしてしまった。狼頭の人間、人間の頭をした狼、そして獣の狼どもがみな目を醒ましたのだ。

ガブリエルは恐怖のあまり逃げだした。その彼を追いかける獣どものあとを、黒い牡羊の背に座って永遠の影に顔をかくした狼の番人がやってくる。獣どもの叫びや嘲笑のなかに、胸をかきむしられるような深い苦痛の声を聞いて一度だけ振り返ってみると、リリスの姿が見えた。彼女の体は狼だったが長い金髪で半ばかくれ、額には不思議な目と同じ色の青いしみがついている。彼女の目は流れることのない涙でいっぱいだった。

いっぽう聖なる臨終の晩餐を捧げ持った行列は、ずっと「隔絶の川」に沿って続いていた。恐ろしい吠え声が遠くから聞こえてくると、人びとは蒼ざめて震えあがったが、聖体器を高くかかげたフェリシアン神父は、

「われわれを害することはない」と宣言してなおも進んだ。

そのとき突然向こう岸に狼の姿のガブリエルと、歯をむいて彼を追いかける人狼どもの群れが現れた。追いつめられたガブリエルは身を躍らせて川を跳び越えた。フェリシアン神父が彼の前に聖餐を掲げると、少年は元の姿に戻り神父の前にひれ伏した。恐れをなしてひざまずく人びとの前で聖体器を高くかかげ続ける神父の顔は、ひときわ神々しく輝きわたっている。すると向こう岸の狼番人がこちらに向かって手をあげ、聖餐をもじった地獄の儀式をかたどる忌まわしい合図を、これみよがしに三回も示した。けれど三回目にその指先から炎が走りでたと思うと、向こう側の森全体が火に包まれ、そのあとを大いなる暗黒が覆ってしまった。

そのありさまを目のあたりにした者、耳で聞いた者は一生それを忘れることはなかった。死の時にすらその光景は念頭を去らなかったぐらいだ。身の毛もよだつ悲惨な叫びは夜になるまでひびきわたった。そして大雨がふった。

今はもう「向こう側」も、まったく無害だ。あるのは焼け焦げた灰だけなのに、誰も跳び渡る勇気のある者はいない。一年に九日間だけ気が変になるガブリエルだけは例外として。

コストプチンの白狼

The White Wolf of Kostopchin[1889]

ギルバート・キャンベル

Gilbert Campbell

❖前兆

それは田舎の一見味気ない砂地の平野だった。広大な畑のど真ん中には白い漆喰塗りの大きな家がのっそりと立って、四方をにらみつけている。遠くに見えるのは低い砂地の丘と松林で、これはロシア領ポーランドのリトアニア地方ではきっと見かける風景だ。その大邸宅からそれほど離れていないところに、農奴たちが住む村があった。ロシアならどんなに貧しい村にもつきもののパン屋と風呂屋が、ここにもある。ただし畑は荒れ放題。あちこちの垣根に穴があき柵が壊れ、遠くの隅には農具が放りだされているのを見ると、しっかりした主《あるじ》の監督などまったくないのに違いない。白い大邸宅にせよ、あちこちで漆喰が大きくはがれ落ち、窓の鎧戸はいまにも蝶番《ちょうつがい》から外れ落ちそうに、ぶらさがっている。まわりの庭園もまるで荒れ野同然だ。そのすべてをロシアの晩秋の暗い空が低くおおっていた。生きたものの気配などほとんどなく、例外はウオッカを前にだらしなく寛いでいる農夫が二、三人と、餌を探してうろついている痩せこけた野良猫ぐらいしかいない。

コストプチンと呼ばれていたこの地所は、パウル・セルゲヴィッチという身分ある金持のものだった。ところがこれがロシア領ポーランド中で最も不平だらけの男だったのだ。若いころは裕福な遊び人らしくしょっちゅう旅行しては、農奴の労働によって儲けた金をヨーロッパの最もふしだらな遊び場という遊び場で湯水のように使っていた。彼の名は夜の女たちのあいだに知れわたり、その顔も公営の賭博場では常連としてとおっていた。刹那の放蕩だけに生き甲斐を感じているのか、この男には将来というものを考える様子がまったくないのだ。膨大だった資産も、こうひっきりなしに金送れと使者をたてるのでは、いくらあっても足りるはずがない。ところが突然思いがけない事件がおこり、さしもの彼の放蕩生活もまるで稲妻に打たれたように終わりを告げたのだった。

その事件とは将来を期待されていた身分ある若者との決闘である。なにしろ相手はパウルが当時滞在していた国の首相の息子だというのに、あろうことかパウルはその若者を殺してしまったのだ。もちろんパウルは皇帝に呼びだされ、厳しくお叱りを受け、リトアニアの領地に戻って謹慎するよう命じられたのだった。もちろん彼はこの沙汰にひどく不満だったが、皇帝の命令に背く勇気などあろうはずもない。そこで少年時代から訪れたこともなかったコストプチンに、しぶしぶ引っこんだ。始めのうちは広大な地所の運営に興味をもとうと努めたものの、もとより農業などに向いてはいない。結局父親の従者を長くつとめたドイツ系の執事ミカル・ヴァシリッチという農奴の老人と喧嘩したあげく、首にすると脅すぐらいがおちだった。

そのあとは銃を担いで地方一帯をうろつき回り、ブランディをあおっては立て続けに煙草《たばこ》を吸いながら、彼をこの退屈な生活に追いやった皇帝を呪うだけ。二、三年こうした当てどない生活を続けるうち、さしたる理由もなく近くの地主の娘を嫁にもらったが、それがまたひどく不幸な結婚だった。妻は親の言うことを聞いただけで、そもそも夫にこれっぽちの愛情も抱いていなかったし、夫は夫でかんしゃく持ちの乱暴者である。しばらく妻を蔑んで無視したあげく、ついに暴力をふるいはじめるしまつで、哀れな妻は三年後アレクシスという男の子とカタリナという女の子を残して亡くなってしまった。パウルは妻の死を完全に無視して、その後も再婚しようとはしていない。ふたりの子どものうちカタリナは溺愛したが、アレクシスはまったく放ったらかして、ふたたび猟犬と銃を道連れに一帯をさまよう生活に戻っていった。それでも子どもたちは成長して、母親が死んで五年後、アレクシスは健康な七歳の少年、カタリナはその一八か月年下の少女になっていた。

ある夜帰宅していたパウルが戸口のところで、例のごとく煙草に火をつけようとしていると、カタリナが駆け寄ってきて抱きついた。

「パパは悪いパパよ。この次狩りに行ったら可愛い灰色小リスを捕まえてくれるって約束したじゃない。どうして連れてきてくれないの?」

「いとしいカタリナや、まだ見つかっていないからだよ」

彼は娘を抱きあげると、キスを浴びせた。

「大事な女王さん、約束の小リスはまだ見つかっていないけど、そのうち森をいぶしたてる密猟人のイヴァノビッチに出くわすにきまっているからな。いいかい? 小リスがどこでみつかるか教えてくれるのは、あいつしかいないんだよ」

「ご主人さま」ミカルが口をはさんだ。

「お気をつけくだされ。あんまり森に行き過ぎです」

「わしがイヴァノビッチを怖がっているとでも思うのか?」主人は乱暴に笑い飛ばした。

「あの男は犬の親友なんだぞ。まあわしの獣を盗んだとしても、あいつはとにかくおおっぴらだし、わしの森から他の密猟者どもを追い払ってくれるしな」

「いえ、わしが心配しているのはイヴァノビッチじゃありませんので」老人は答えた。

「ああご主人さま、どうぞあの暗い辺鄙なところへは入らないでくだされ。なにしろ奇妙な恐ろしい話が伝わっていますで。月の光のなかで踊る魔女だの、背の高い松の幹のあいだに見え隠れする気味悪い影のような形だの、聞く者をみな永遠の地獄に陥れる囁き声だの」

これを聞いた主人はまた無造作に笑い飛ばした。

「そんな半分忘れ去られたような馬鹿げた話で頭を腐らせているようじゃ、もうそろそろ新しい召使いを探さにゃならんな」

老人は厳かに十字を切って
「いえ、その恐ろしいものだけをこわがっているようなわけじゃねえんで。気をつけていただきたいのは狼のことでしてな」

カタリナが父親の肩に顔を隠して泣き声をあげた。

「いやだ、パパ。狼って狡くてこわーいけだものでしょう」

「ほら見ろ、この灰色髭の愚か者めが」パウルは激怒した。

「お前の嘘八百で、この可愛い天使を脅かしてしまったじゃないか！　こんなに早くから狼が出るなど聞いたこともないわ。おい、ミカル・ヴァシリッチ、お前夢でも見てるんじゃないか。それとも朝のウオッカがちょっと利きすぎたのか」

「わしはご主人さまの将来のお幸せを望んでおりますのじゃ」召使いは大真面目だ。

「昨夜コスマの小屋から沼地を通ってきた時のことなんで。ご主人さま、あの男はマムシに噛まれてまだひどく病んでおりますが、さっき申しましたとおりわしが沼地を通って参りますとな、右側のハンノキの生い茂ったところで、なにやら火花のような光が見えましたのです。なにものか突き止めようと思って、聖ウラジミールさまのご加護を念じながらおそるおそる少し近づいてみますと、二歩も行かないうちに骨の髄まで凍るような恐ろしい吠え声が聞こえましたのです。そして薮のなかから、冬でガリガリにやせ細った狼の群れが飛びだしてきましてな。十頭ほどもおったでしょうか。

その先頭にいたのがオスでも見たことがないほど大きなメス狼で、牙を光らせて黄色い目が汚れた火みたいに燃えておった。たまたまわしは首にストレレッザの神父さまからいただいた十字架をかけてましたもので、それを知った狼どもは沼地を横切って泥水をはねあげながら、とっとと逃げていきました。ところがくだんのメスだけは飛びかかる隙を探してか、わしのぐるりを三度もまわったあげく、歯がみして憎々しく吠えたと思うと一五メートルほど向こうに座りこんだ。そしてそのギラギラする目でわしの動きを見張っておるのです。

このままでは命が危ないと、わしはひっきりなしに十字を切りながら大急ぎで帰ってきましたんで。これでもわしは生きた獲物ですからな、ご主人さま。あやつはわしの五〇歩ほどあとをずっとつけてきながら、ときどき鳥肌のたつような音をたてて舌なめずりする。やっとお屋敷にいちばん近い柵のところまで辿りついたとたん、わしは大声で犬どもを呼びました。するとトロスカとブランスコイが唸りながら走ってくる。それを聞いた白い悪魔のやつは宙に高く飛びあがって悔しそうに吠えると、ゆうゆうと沼地のほうに戻っていきやした」

「なんで犬どもをけしかけなかったんだ?」

パウルは爺さんの話に渋々ながらつい惹きこまれてしまった。

「野外のことだから、このリトアニアの土地に狼が一匹でも踏みこもうもんなら、トロスカとブランスコイが簡単にやっつけたろうに」

「わしもけしかけようとしたんですがな、ご主人さま」爺さんは重々しい口調で言った。「犬ども二匹とも、あの悪魔めがこっちをからかうように飛びあがったところまでまっしぐらに行ったのはいいが、とたんに尻尾をまいて一目散に逃げ帰ってきましたのです」

「妙だな」パウルは考えこんで呟いた。

「まあウオッカが喋ってるんじゃなく、本当の話ならな」

「ご主人さま」と爺さんは咎めるように

「ご主人さまとそのお父上さまに五〇年もお仕えしてきましたけんど、このミカル・ヴァシリッチが酒に酔ったところを見たものなど、今までひとりもおりはしませんのじゃ」

「おいミカル。お前がずる賢い爺だということを疑わんものはいないぞ」

主人はまた耳障りな笑い声をあげた。

「いずれにせよ白狼につけられたとかいうお前の長ったらしい話を聞いたからって、わしは今日森に行くのを止めはせん。散弾の良いのがあれば、そんな魔物なんぞひとたまりもないわ。だいいち、わしはそのメス狼がお前の頭のなか以外にほんとにいたとしても、魔法などとなんの関係もないと思うね。

可愛いカタリナや、なにも怖がることなんかない。もしこのばか爺めが言うことがほんとなら、そのうちお前の足の下にきれいな白狼の毛皮を敷いてやるからな」

「ミカルはばかじゃないわ」カタリナはふくれた。

「なのにミカルをばかって言うなんて、意地悪なパパね。そんないやらしい毛皮なんか欲しくもない。あたし灰色のリスが欲しいんだから」

「大事な娘や。もうすぐ持ってきてやるよ」彼女をおろしながら父親は慰めた。

「すぐ帰ってくるから良い子でいるんだよ」

「お父さん、ぼくも一緒に連れてってよ」突然アレクシスが口を挟んだ。

「お父さんが狼をやっつけるところを見たいんだ。そうすればぼくが大きくなったとき、そのやり方がわかるだろ」

「ばかな」と父親は苛立たしげに怒鳴った。

「男の子なんてものは足手まといになってしょうがない。ミカル、こいつを向こうに連れていけ。可愛い妹を心配させてるのがわからんのか?」

「いいえ、心配させてなんかいないわ」カタリナは、兄のところに走りよりキスを浴びせた。

「ミカル、兄さんを連れていかないで」

「よしよし。いいから子どもらは一緒にしておけ」

銃を肩にしながらパウルは、指でカタリナにキスを送り暗い松林に向かって急いで出ていった。

森のなかをどんどん歩きながら、パウルはこんな森とは似ても似つかないところで、もう何年も前に耳にしたメロディのはしきれを、鼻歌まじりに口ずさんでいた。いつになく意気揚々とした気持になっていたのだ。それもひとり酒を飲んで感じる、あの上っつらの興奮ではない。彼の生活全体に何か変化が起こったような感じだった。空はいつもより明るく松の緑はひときわ鮮やかに見え、長いあいだあたり全体にのしかかっていた陰鬱な雲も消えたようだ。だがその興奮と、いままで期待もしていなかった幸福な将来の背後には、これからやってくる何か説明のできない重い力がひそんでいるようだった。しかもその力は形もなければ目にも見えないのだ。現実を超えたところに住むものの異様な企みは、厚いヴェールにおおわれて心の目に見えないだけに、ことさら不気味でもあった。

密猟人イヴァノビッチの姿はどこにも見えず、探し疲れたパウルは立ち止まって、森にひびきわたるような大声で名前を呼んだ。するとあとに従ってきた大きな猟犬トロスカが、彼の顔をもの言いたげに見あげた。そしてパウルが二度目に「イヴァーノビッチ！」と呼んだとたん一声悲しげに吠え、ついて来てくれというように顔を見ると、先に立って森の深みへと入っていった。

不審に思ったパウルは、いざとなればすぐ撃てるよう銃をかまえてあとについて行った。この森ならくまなく知り尽くしているつもりだったが、トロスカは今まで行った覚えもないところに入っていく。主人と犬は松の森をあとに、いじけた樫の木や柊《ヒイラギ》の藪のなか深く足を踏み入れた。ほんの一メートルほど前を進んでいく猟犬トロスカは、白い牙をむいて首と背中の毛を逆立て、尾を後肢のあいだにしっかり挟んでいる。この犬は恐怖の絶頂にありながら、それでも勇敢に進んでいくのだった。

からみあった藪のなかを苦労して進んでいくうち、彼らは突然空き地に出た。直径にして一〇メートルか二〇メートルはあっただろうか。向こうの端には淀んだ沼があり、なにやら得体の知れない奇妙な爬虫類が彼らを見て、ずるりと滑りおりていくのが見えた。空き地のほぼ真ん中に砕かれた石の十字架があり、その台座のところに黒っぽい塊があった。トロスカはそのそばまで行くと、頭をあげて長く尾を引く悲しげな吠え声をあげた。

パウルはほんの数瞬のあいだ、十字架の下に横たわるそのぶざまな塊を眺めていたが、勇をこして近より、そのうえにかがみこんだ。一目見ただけでパウルには、それが密猟人のズタズタになった死体だとわかった。死体を上向きにした彼は、あっと驚きの声をあげてその惨たらしい傷を見て慄えあがった。哀れなイヴァノビッチは野獣に襲われたものらしく、喉には牙のあとが生々しく、頸動脈はほとんど引きちぎられている。おまけに死体の胸は獣の鋭い爪で引き裂かれ、左側には穴がぱっくりと口を開けて、血がどすぐろく固まっていた。ロシアの森でこんな傷を負わすことのできる獣は、熊か狼しかいない。そのいずれかは、あたりの湿った地面を見れば一目瞭然。点々とついている跡は、足裏全体をつけて歩く熊の足とはまったく違う狼の足跡だった。パウルは呟いた。

「酷《むご》いけだものめが！」

「ミカルの話も、まんざらでたらめじゃなさそうだ。あのばか爺も一生に一度の真実を喋ったわけか。だがまあわしには関係のないことだ。自分の小屋でおとなしくしていれば良いものを、夜分森をうろつきやがってわしの獲物を殺すような人間は、いちかばちかのきわどい賭けをやってるんだ。それにしてもこいつをやっつけた獣が、こんなひどい傷を負わせながら肉を食っていないのは、どうもおかしい」

パウルはぶつぶつ言いながら、家に帰ろうと向きを変えた。帰ったら農奴をよこして、哀れな男の死体を引き取ってくるよう言いつけるつもりだ。と、ふと目にとまったものがある。沼のそばの薮のなかに何かが引っかかっているようだ。近づいてそれをつまみ上げ、よくよく見るとそれは何かの獣が残した白くて剛い毛だった。指のあいだでその毛をよじり匂いを嗅ぎながら、彼は唸った。

「これはたしかに狼の毛だ」

「さては夜ミカルのやつを沼地で脅かした白いメス狼に違いない」

今来た道を見覚えのある場所まで引き返すのは容易なことではなかった。なにしろあのトロスカさえ主人のあとにふらふらついてくるだけで、なんの役にも立たないのだ。何回となく通り抜けられない薮が目の前に立ちはだかったり、危険なぬかるみに足をとられそうになったり。しかもそうして歩き回っているあいだ、どうも近くに何かがいるような気配がしてならない。目に見えず音もしないのに、それは彼が進めば進み、耳をすまそうと立ち止まると、それも立ち止まる。触ることはできない何かが、たしかに近くにいるという気配はますます強まるいっぽうだ。短い秋の日が暮れはじめ、森の大木のあいだに暗い影がしのびよるころになると、さすがのパウルもどんどん足を速め、必死に先を急いでいた。

恐怖のあまりあわや気が狂いそうになるころ、突然見慣れた小径に出た。彼は心からほっとして、コストプチンのほうに向かってさっさと歩きはじめた。やっと森を出て広野にさしかかると、闇のなかからかすかに泣き声がひびいてくるようだ。動揺しきっていたパウルには、それがほんとうの声か興奮した自分の想像に過ぎないのか、見当もつかなかった。邸《やしき》前の荒れ放題の芝生を横切っていくと、中からミカル老人が飛びだしてきたが、その目鼻も口も恐怖で歪んでいる。

「ああご主人さま、ご主人さま」老人は喘いだ。

「これ以上ひどいことがありましょうか？」

「カタリナに何ごとかあったか！」パウルは恐怖にかられて叫んだ。

「いえいえ、お嬢様は聖母さまとネフスコイの聖アレクサンドルさまのおかげで、ご無事です。けんどご主人さま、牛飼いのところの娘のマルタがかわいそうに……」

「あのふしだら娘に何か起こったのか?」

可愛いカタリナが無事だとわかれば、農奴の娘などどうでもよい。

「この前お話ししましたようにコスマはもう死にかかっておったもんですから、マルタは神父を呼びに沼地を横切っていったが、帰ってこないというわけで」

「どこかで油でも売ってるんだろう」と主人。

「近所の男がコスマの容態を見にいったところが、彼はもう死んでおって、その顔ときたら怖れでねじくれ、なんとか逃げようとしたのか、体は半分ベッドからずり落ちていたそうで。男は村にかけ戻って皆に知らせ、村の連中が牛飼いの小屋に向かう途中、沼地でハンノキの木立近くの藪のなかにマルタの体を見つけたとか」

「体だと? じゃあもう死んでいたのか?」

「死ぬも何も、ご主人さま、狼に殺されましたんで」ミカル老人は答えた。

「ああ、もう恐ろしすぎます。マルタの胸は引き裂かれて心臓は抜かれたあげく食われたらしく、どこにも見つかりません」

パウルはびくりとした。無惨に引き裂かれたあのイヴァノビッチの死体を思い出したからだ。

「ご主人さま、それだけじゃございません。その藪の近くに毛が一房ひっかかっておったんで」

ミカルは紙切れに包んであったその毛を主人に差しだした。

それを手に取ったパウルは、さっき壊れた十字架のそばの藪のなかで見かけた毛とそっくりなのを見てとった。

主人が驚いたのに気づかずミカルは喋り続けた。

「これはもうご主人さま、狩人や猟犬を出して、このおっそろしいけだものを追いつめてしとめなくては。いやそれより神父さまと聖水を頼んだほうが良いかもしれませんが。なにしろこやつはこの世のものじゃないような気もしますでな」

パウルは身震いした。それからしばらく黙りこんだのち、イヴァノビッチの惨たらしい死にざまのことをミカルに聞かせたのだった。

ミカル爺さんは大いに興奮してその話を聞きながら、くり返し十字をきっては聖母マリアと聖人たちの名を唱えたが、パウルはもう聞いてはいなかった。ブランディをテーブルにもってこいと言いつけたあとは、夜が明けるまでむっつり塞ぎこんで飲み続けた。

さて翌朝になってみると、またしても新しい恐怖の事件がコストプチンの村人を待ちうけていた。前夜おそく家に帰ろうと飲み屋をよろけ出ていった飲んだくれの老人が、たった三時間後には街角で鋭い爪で引き裂かれて死んでいたというのだ。その左胸には心臓がむりやり引っ張りだされたあとの大きな穴が、例によってぽっかり口を開けていた。

しかもそれからたった一週間のうちに、同じように不気味な惨劇が三度も起こっている。まず小さな子、丈夫な労働者、それから老婆が、同じようなひどい傷を負って死んでいるのがみつかり、そのすぐそばには必ずあの白い毛が落ちていたという。領内は一大パニックとなった。興奮した農奴たちはコストプチンの邸を取り囲み、主のパウル・セルゲヴィッチに向かって、皆のなかに放たれたこの悪魔から救ってくれと口々に嘆願しはじめた。そしてありとあらゆる退治法をあげては、すぐさま実行してくれと迫るのだった。

妙なことに、パウルは何も実行する気になれなかった。自分でもなぜかはわからないのに、何もするなと引きとめるものがあるような感じがしてならない。とはいえ超自然の恐怖に駆られているロシアの農奴というものは、無視できない危険な相手なのだ。パウルは渋々ながら地所全体とあの大虐殺の起こった松林をくまなく捜索するよう命じた。

曙の最初の光がさすころには、ミカルが集めた勢子《せこ》たちの一隊が手ぐすね引いて待ち構えていた。それは見れば見るほど奇妙、いやなんともグロテスクな狩人の集まりで、錆びた火打銃を構えたものがいると思えば、重い棍棒や長い柄の先に大鎌をつけたのを担ぐものがいる。パウルは二連発銃を肩に鋭いナイフを腰帯にさし、トロスカとブランスコイの立派な猟犬二頭を従えて、農奴たちの先に立って進んでいった。

生け垣のくぼみや隅はもとより少し離れた草むらもくまなく探られたが、何も見つからない。とうとう森の主な部分を人垣が取り囲み、大声でどなったり角笛を吹きたてたり鍋や釜をガンガン叩いたりして、薮のなかをどしどし進みはじめた。驚いた鳥が松の枝のあいだをバタバタ羽ばたき、ウサギが草むらの隠れ家から飛びだし慌てふためいて逃げていく。たまにノロジカが茂みのなかを飛び跳ねていったり、イノシシが勢子のまばらなところを突っ切って走るのが見えたりするのだが、肝心の狼はどこにも見当たらなかった。

それでも勢子の輪はだんだん狭まっていく。突然ひどい悲鳴と混乱した話し声が松のあいだにひびきわたった。その辺りめがけて人びとが駆け寄ってみると、勢子の若者がひとりひどい傷を負って血を流している。しかしその体にはまだ息があるようだった。喉にウオッカを数滴流しこむと、若者はやっとのことで口が利《き》けるようになった。白狼が突然襲いかかって彼を地に押し倒し、心臓のあたりを引き裂きはじめたのだと言う。近づいてきた他の勢子たちに驚いたけだものが逃げなかったら、息の根を止められていただろう。

「そいつはあの茂みに逃げこんだ」

若者は喘ぎながら指さし、また気を失ってしまった。

だがこの怪我人の言ったことは一同の耳から耳へたちまち伝わり、口々にああでもないこうでもないと騒ぎはじめた。

「あの茂みに火をつけろ」とひとりが言うと、

「うんにゃ、茂み目がけて一斉射撃だ」と言う者がある。

「薮に攻めこんであやつの息の根をとめろ」と三人目が叫ぶ。

結局最初の提案がとおり、何百本もの手が勢いこんで乾いた枝や葉を集め、付け木に火をつけた。ところがその火をいよいよ焚き木全体に移そうというとき、茂みの真ん中から優しい声が聞こえてきたのだ。

❖謎の貴婦人

「皆さん、どうぞ森に火をつけないでください。今出てゆきますからちょっと待ってくださいな。怖い目はあの恐ろしい獣に脅かされただけで、もうたくさんですわ」

一同は口をぽかんと開けてあとずさりした。パウルはその言葉の優しい音楽のようなアクセントを耳にしたとたん、不可思議なスリルが心をよぎるのを感じた。と、薮のなかで軽い衣擦れの音がして、突然幻のような姿が現れた。皆は仰天するばかり。なにしろ薮がふたつに割れたと思うと、目の前に美しい女がすっくと立ったのだ。真っ白な毛皮を身にまとい、頭にはしゃれた形をした緑色のビロードの帽子をかぶっている。たいそうな美人で、たくさんの金褐色の髪が乱れて肩にふりかかっていた。

「お訊ねしますが、皆さんのご主人はおられますか?」

お高くとまった貴族的な口調で彼女は言った。

パウルはバネじかけのように飛びあがり、進みでて機械的に帽子をもちあげた。

「パウル・セルゲヴィッチです、このあたりの森は全部わがコストプチン領。じつは最近どう猛な狼が領民を続けざまに襲ってまわるので、皆でそいつを追いつめようとしておるのです。たった今そこで襲われて傷を負った若者が、狼がすぐそこの茂みに駆けこんだと言ったが、そこから急にあなたが出てこられて、皆呆気にとられておる」

「それなら知ってますわ」と言いながら、女は鋼のような澄んだ青い目でパウルをじっと見つめた。

「その恐ろしい獣なら私のすぐそばをさっと駆け抜けて、茂みの真ん中にある大きな穴に跳びこんだんですもの。それはそれは大きな白い狼で、私は今にも食べられてしまうかと生きた心地もしませんでしたわ」

「おい皆のもの、鋤とつるはしであの化け物を掘りだせ。もう逃げようたって逃げ場はないんだ」

パウルは怒鳴った。

「さてご婦人、どんな訳があってこんな何もない荒れ地に踏みこまれたかは知らんが、わがコストプチンは歓迎しよう。ここではどうか好きなようにふるまっていただきたい。よろしければ、この田舎の災難のもとを始末できしだい、邸へ案内するとしよう」

かすかに残る昔の礼儀を思い出しながら彼は彼女の手を取ったが、たちまち恐怖に青ざめて後ずさりした。

「血が！　あなたの手や指に血がついている！」

女性の頬にうっすら赤みがさしたが、かすかな微笑みとともにそれも消えた。

「あの恐ろしい獣は血まみれでしたからね、通っていった薮も血まみれ。あなたたちのつけた火を逃れて、必死で茂みを分けて出てくるとき、その薮に触って私の手にも血がついてしまったんですわ」

彼女の声には皮肉のとげが含まれていて、パウルはその硬い青い目にみつめられると目を伏せずにいられなくなった。

いっぽう恐怖にかられた農奴たちは、鋤やつるはしをふるってその穴を掘りかえしたが、二メートル以上の深さに達したところで、あの大狼はおろかウサギ一匹しか入れないような、小さな巣穴で行き止まりになってしまった。しかも今まで襲われた人間の死体のそばに必ずあった、例の白い毛の房も見あたらなければ、動物がいればきっと漂ってくるはずの獣特有の臭いもまったくしない。

迷信深いロシアの民どもはその場で十字を切るなり、みっともない慌てかたで穴から這いでてきた。あれほどの大惨害を及ぼした謎の化け物が消えてしまったというので、農民たちは震えあがり、主人の制止の叫びもきかずに、ほうほうの体で森から逃げ去るしまつだ。そのあとの森には刻々と迫ってくる災難の暗雲が、立ちこめてくるかのよう。

見知らぬ女とふたりきりで残されたパウルは「馬鹿者どもの失礼、お許し願いたい」と詫びた。

「まずは拙宅にご案内するとしよう。少し休んで何か食べたほうがよさそうだ。そして……」

と、バツの悪そうに赤くなった。

「そして……」と貴婦人もあのほのかな微笑を浮かべ、

「私がなぜあの森の茂みから突然現れたかを知りたくて、むずむずしていらっしゃる。あなたはコストプチンの領主と名乗られましたね、パウル・セルゲヴィッチさん。あなたならロシアの君主が国民の動向にとかく干渉しようとするのは、よくご存じのはず」

「私のことをご存じで？」パウルは驚いた。

「ええ。私もあなたと同じに外国に住んでいましたから、お名前はたびたび耳にしておりましたわ。ブランクバーグの銀行破りもあなたでしょう？　大勢のライバルを尻目に、ダンサーのイソラ・メヌティをさらっていったのもあなた。そして私が知っている最後の事件、つまりある朝海辺の砂のうえでふたりの男が向かい合っていたことを思い出しましょうか？　ひとりは二一歳にもなっていない若々しい美男子、もう一方は……」

「やめてくれ」パウルは叫んだ。

「あなたは私のことをよく知っているようだ。だがあなたはいったいどこの何ものです？」

「一時は社交の場にいて新聞を読んでいた女に過ぎませんわ。でも今は追われる亡命者の身」

「亡命者だって！」パウルはかっとなり、

「あなたを迫害するなど、いったい何ものだ？」

貴婦人は彼にやや身を寄せ、耳元で囁いた。

「それが警察なんですの」

「ええっ、警察だと？」

パウルは、あとずさりしながら叫んだ。

「そうですの、パウル・セルゲヴィッチ。警察なんです。冬の宮殿で黄金の部屋に座す皇帝でさえ、その名を聞いて身震いするという、あの恐ろしい組織ですわ。私が生意気にも、思ったことを口に出してしまったものですから。ことに女の身にとって、ロシア帝国の警察の手に落ちるのは耐えられないことなんですの。ですからあの悪名高い連中につかまる不名誉を逃れようと、忠僕を連れて逃げだしたんです。国境まで行ければと思ったんですが、とうとう警察が馬で追いついてきて、抵抗した哀れな召使いの老人は、撃たれて死んでしまいました。

私は怖くて気も狂わんばかり、とにかくこの森に逃げこんで当てどもなくさまよっているうち、あなたの勢子たちがあちこち叩きまわる音が聞こえてきた。私はてっきり警察が大捜索をはじめたのだと思って、とっさに茂みにかくれたんですの。その後のことはご存じのとおり。ではパウル・セルゲヴィッチ、伺いますが、あなたは追放された私のような亡命者を、あえてかくまうおつもりですか？」

「マダム、コストプチンはいつも不幸な者に扉を開いておるのです」

パウルは彫りの深い女の顔立ちを見つめた。そして顔をほてらせながら

「ことに美しい人に」と付け加えて頭をさげた。

「あぁ！」貴婦人は笑ったが、その響きにはどこか不吉なものが潜んでいた。

「私がきれいでなかったら、あなたはさぞ長いこと不幸でいることになるでしょうね。でもとにかくご親切なお申し出、ありがたくお受けしますわ。でも何か悪いことが起こったとしても、私のせいでないことは覚えていてくださいね」

「このコストプチンでは、あなたは絶対安全だ。警察はまったく私のことなど気にもしていない。なにしろ皇帝に追われてこんな惨めな生活に押し籠められては、もう政治なんかに興味はないし、慰めはブランディの瓶くらいのもの」

「おやおや、あなたは陰気な大酒飲みなんですか」彼女は不安げに彼を見やった。

「とにかく寒さでいまにも凍え死にそうですわ。コストプチンに連れていってくだされば私は助かるし、あなたもいち早くお好きなブランディに戻れると言うものでしょ」

そう言って彼の腕に手を置いた彼女を、パウルはぽつんと孤立して立つ白い館へと案内していった。出迎えた二、三人の召使いたちはべつだん驚いた様子も見せなかった。狼狩りの農奴連が村に帰る途中、すでに謎のよそ者の噂を広めていたし、気まぐれな主人の行動にいちいち疑問を抱くような習慣はなかったのだ。

アレクシスとカタリナはもう寝床に入っていたので、客と主は手早く用意された夕食に向かった。

「私は小食なんですよ」

彼女は食べ物を突っつくだけで、驚いたことにほとんど何も食べようとしない。ただし歓迎のあかしに栓をぬいたシャンペンの杯は、一度ならず飲み干していた。

「まあ無理もない。この陰気くさい穴ぐらの食べ物など、われわれが昔食べ慣れていたものとは雲泥の差ですからな」

「いえこれでもまあ十分ですわ」と彼女は軽くいなすと、

「この邸に女というような者がいるようなら、私の部屋に案内していただきたいわ。もう寝不足で死にそうですもの」

パウルがテーブルのうえに置いてあった鈴を鳴らすと客は席を立ち、

「おやすみなさい」と言ってドアのほうに歩いていった。

その敷居のところに突然ミカル爺さんが現れた。この年寄りの執事はまるで殴られるのを避けるように後にさがったが、暗黒の力から守ってくれる頼りの首の十字架を慌ててまさぐり、叫んだ。

「聖マリアさま!」

「聖ラディスラスさま、どうぞお守りください!　はてわしはいつこの方をお見かけしたんだったか」

貴婦人は老人の恐怖の様子に目もくれず、足音をひびかせて廊下を歩いていく。

「ご主人さま」

ブランディを飲み干しストーブのそばに椅子を寄せて、憂鬱そうに磨きあげられたストーブの表面を眺めているパウルに、ミカルはおずおずと近寄った。

「ご主人さま」

彼は勇をこして主人の肩にそっと触れ、

「あれは森のなかで見つけた女の方ですかい?」

「そうだ」と答えたパウルの顔に笑いが浮かんだ。

「なかなかの美人だろうが」

「美人ですと?」ミカルはまた十字を切った。

「美人かも知れんが、あれは悪魔の美しさですぜ。どこかで見かけたようだが、さてどこだったか? あの光る歯と冷たい目つきを、どこで見たんだったかな。このコストプチンから十歩も出たことのないわしだから言えることだが、あれはこのあたりの誰とも違います、ご主人さま。どうもわからん。いや、思い出した思い出した。あれを見たのはあの牛飼いが死んだときだ。ご主人さま、きっと忘れずくれぐれもお気をつけにゃいけません。あのよそ者のご婦人は白狼の化身ですぞ」

「ばか爺めが!」主は怒鳴りつけた。

「そんなたわごとを二度と言おうもんなら、ひどい目に会わせるから覚えていろ。あのご婦人は高貴な生まれで良家の娘だ。侮辱したらただでは置かん。いやしっかり命令しておこう。彼女がここにいるあいだ、精一杯尊敬をこめて仕えろ。召使い全員にそう伝えておけ。とにかくお前の惚けた頭ででっちあげた沼地の狼の幻なんぞというでたらめは、決して口に出すな。言っとくが、わしの可愛いカタリナをお前のたわけた話で怖がらせたら許さんぞ」

老人はうやうやしく頭をさげたが、ややあって口を開いた。

「ご主人さま、今日狩りのとき怪我した若者は死にました」

「そうか、哀れな奴は死んだか」と答えたが、パウルにとって農奴の死などはたいした事件ではない。

「だがミカル、あのご婦人についてとやかく聞きだそうとする者がいたら、何も知らず誰も見たこともないと言っておくんだぞ。わかったな」

「ご主人さまのお言葉には皆従います」と老人は答えたが、主がまた憂鬱げな夢想にふけりはじめたのを見て、一歩ごとに十字を切りながら出ていった。

夜が更けるまでパウルはその日のできごとを思い返していた。ミカルにはあの女性が上流家庭の娘だなどと言ったものの、彼女がわずかに話してくれたこと以外、何も知らなかったのだ。

「彼女の名前さえ知らないんだからな」彼は呟いた。

「だがなんとなくわが生涯に新しいことが開けてくるような気がする。なにせこの家に連れてくるところまではきたんだ。もし出ていくなどと言ったら、警察を持ちだして脅かすだけですむわい」

いつものくせで続けざまに煙草を吸いながら、パウルはコップにブランディをなみなみと注いだ。召使いが廊下に向かった小部屋から薪を持ってきて、部屋のストーブにつぎ足していった。そのうち彼は肘掛け椅子に座ったまま、ぐっすり寝入ってしまった。

肩に軽く触れるものがあって、彼ははっと目を覚ました。見るとそばに森から来た昨夜の女が立っている。彼女はあのからかうような笑いを浮かべて言った。

「ずいぶんご親切ですのね」

「私が慣れないところにいるので、わざわざ朝早く起きて馬の世話をしにいらしたのか、それともあの煙草の吸い殻や空になったブランディの瓶から見ると、ほんとうはぜんぜん寝床に行かれなかったのかしら」

パウルは何やらぶつぶつ返事したと思うと鈴を力いっぱい鳴らし、召使いを呼びつけて昨夜の汚れ物の片づけと朝食の支度を言いつけた。それから慌てて詫びを言い、洗面をしに部屋を出ていった。半時間後戻ってきたパウルは沐浴と気替えとでさすがに、なかなかの姿だ。

朝食に向かった彼女は、昨夜と同じように食べ物にはあまり興味を示さず、切りだした。

「私の名前や素性をお知りになりたいんでしょうね」

「別に名前を言うのはかまいませんわ。ラヴィナって言うんですの。でも私の素性や家族のことは、ご存じないほうが良いでしょう。セルゲヴィッチさん、これはただ私の方針っていうだけのことなんですけどね。それは私の行儀や姿から、ご判断くださいな。でも私、あなたの食卓に招かれる資格は十分ありますのよ」

「ありすぎるほどだ」すっかりのぼせたパウルは、美しい女人の魅力にぐいぐい惹かれていった。

「その判断役としてなら、私にもけっこう資格があるはず」

「さあ、それはどうでしょうか」とラヴィナ。

「以前のお仲間から察したところでは、どうも皆さんご立派とは言えなかったようですけれど」

「いやどうもね。しかしまあ聞いてほしい」彼女の手を取りキスしようと唇に持っていくとぞっと寒気が走った。ラヴィナの指は氷のように冷たかった。

「冗談はおやめになって」一瞬彼に預けた手を引っこめながら彼女は言った。

「ほら、誰かが来るようですわ」

言い終わらないうちに廊下を走ってくる小さな足音がきこえ、ドアがばたんと開いたと思うと、甲高い歓声をあげてカタリナが飛びこんできた。そのあとにアレクシスがゆっくりと続いている。

「あら、あなたのお子さんたち？」

カタリナを抱きあげていとしげに膝に抱いたパウルに、ラヴィナは問いかけた。アレクシスはドア近くに立って、この見慣れぬ女性を不審げにじっと見つめている。いったいこの人がどこから現れたのか、見当もつかないのだ。

「さ、坊や、ここにいらっしゃい。あなたはきっとコストプチンのお世継ぎなのでしょうね。お父さまにはあまり似ていないようだけど」

「母親似なんだな」パウルは素っ気なく言うと、娘には
「さあて、わしのいとしいカタリナは今日は元気かい？」

「ええパパ、とても元気よ」とカタリナは答えた。

「でも約束のきれいな白狼の毛皮はどこ？」

「お父さまには、見つからなかったのよ」ラヴィナが軽く笑った。

「白狼はお父さまが思ったほど易しくは捕まらなかったんでしょう」

その間にアレクシスはラヴィナのそば近くに寄り、彼女の言葉を一言も聞き漏らすまいと真剣に耳を傾けている。

「じゃあ白狼を殺すってそんなに難しいの？」

「そのようね、坊や。だってコストプチン中の農奴たちが総出でかかっても、捕まえられなかったんですもの」

「ぼくはね、ピストルを持ってるんだ。ミカル爺さんが撃ち方を教えてくれたから、もしその白狼を見つけたらきっと撃ち殺してみせるよ」とアレクシスは勇ましげに言い放った。

「まあなんて勇敢なんでしょう！」

ラヴィナは例の甲高い笑い声をたてた。

「さあ私の膝にいらっしゃい。私、可愛い男の子が大好きなのよ」

「いやだよ。ぼくおばさんが嫌いなんだもん。だってミカルが……」

と言いかけたとたん父親が雷を落とした。

「この生意気な小わっぱめが。自分の部屋に引っこんでろ。だいたいお前はミカルや農奴たちと長時間つきあっているから、そんな無作法な習慣をおぼえるんだ」

父親の命令に従って部屋を出ていこうとするアレクシスの頬に、小さな涙の雫が流れ落ちた。

ラヴィナは一瞬その後ろ姿を憎らしげに睨んだが、ドアが閉まるとすぐカタリナに話しかけ、

「お嬢ちゃんはお兄さまより優しくしてくれるでしょう」

「さ、私のところへいらっしゃい」と腕をさしのべた。

小娘はためらいもせず駆け寄って膝にのると、編んで頭に巻きつけてある絹のようなラヴィナの髪の毛を撫ではじめた。

「きれい、きれい」とカタリナは呟き
「なんてきれいな方なんでしょう」

「ほら見てごらんなさいな。あなたの小さな娘さんがこんなにすぐなついたわ」

得意げなラヴィナに、パウルは会釈で答えた。

「なにしろこの子は、好みが良いんで評判の父親似なんで……。だがラヴィナ、気をつけないとネックレスを外されるぞ」

すでにカタリナはラヴィナのキラキラ光るネックレスを外してしまい、大喜びでしげしげとそれを眺めている。子どもの手からその環になった飾りを取りあげてパウルは言った。

「それにしても変わった飾りだな」

そのネックレスはたしかに古風なつくりで、見たところぐっと曲がって鋭くとがった角を金の台にはめ込んだ飾りがいくつか、蛇のような金の鎖からさがっている。パウルはなおも念入りに調べたあげく叫んだ。

「ああ、これは鉤爪だ」

ラヴィナは首飾りを取り返して首にかけなおした。

「そう、狼の爪なんですのよ。これは先祖代々伝わる記念の品で、私いつも肌身離さずつけているんですの」

せっかく手にした新しい玩具をとりあげられたカタリナはべそをかきそうになったが、ラヴィナの愛撫と優しい慰めとですぐ機嫌を直した。

「娘はあなたに、とても良くなついたようだな」パウルは嬉しげな微笑を浮かべた。

「この子の心をすっかりものにしてしまったらしい」

「いいえまだですよ。これから私のすることによりますわ」

彼女は奇妙に冷たく微笑してカタリナを抱きしめ、パウルをどきりとさせるような流し目を送った。そのうち少女はもうこの新しい客に飽きて、そっと膝から滑り降り、アレクシス兄さんを探しに部屋を出ていった。

ラヴィナとパウルはしばらく黙っていたが、彼女のほうがまず口を開いた。

「さてこのあと私のなすべきことは、あなたのご好意に甘えて何か変装する衣服を貸していただき、最寄りの郵便局のあるような大きな街へ送っていただくことですの。ヴィトロスキですわね」

「またどうしてここを出ていくんだ?」パウルの頬にはかっと血がのぼった。

「あなたはこの家で、絶対安全だ。もしこれから旅を続けたりしようもんなら、どこで警察に見つかってつかまるかわからない」

「どうして私がこの家から出たいのか、ですって?」ラヴィナは驚いたように立ちあがり

「そんなことをよくお聞きになれますのね。ここに止まるなんて考えられないことですのに」

「ここを離れるほうがよっぽど不可能だと信じるね」と男は食いさがった。

「あなたがコストプチンを出たら、いずれ警察の手におちるのは、わかりきったことだ」

「それじゃパウル・セルゲヴィッチ。あなたが警察に私の居所を教えるってわけですの?」

ラヴィナの声には皮肉な響きがあった。

「そんなことを言った覚えはない」とパウル。

「おっしゃらなかったかもしれないけど、私は人の思いを読み取るのは早いんですよ」

ラヴィナは断言した。

「思いはときに言葉よりずっとはっきりしていることもありますからね。あなたは今心のなかで呟いているはず。このコストプチンときたら、まったく退屈な掃きだめだ。ところが運がわしの手のなかに、惚れぼれするような女を落としてくれた。その彼女は天涯孤独で警察に追われている身だ。わしの言うことを聞かないはずはない。と、これがあなたの考えていたことでしょう。パウル・セルゲヴィッチ、そうじゃありません？」

「そんなことを考えたこともない」と男はどもったが、女はなおも

「まさか私が、あなたの心をそんなにはっきり読めるなんて考えてもいなかった、ということでしょう？」と言い返した。

「でも今私が言ったことはほんとなんですよ。たとえロシア中の人がそこの敷居のところで私を捉えようと手ぐすねひいていたとしても、あなたの家に閉じこめられるより、出ていったほうがずっとましですもの」

「ラヴィナ、頼む。ここにいてくれ」

女がドアのほうに一歩踏み出すのを見てパウルは叫んだ。

「あなたが私の心を正しく読んだかどうかは言わんが、行くまえに聞いてくれ。これはありきたりの恋人の口説《くどき》じゃない。私の過去を知っているあなたは笑うかもしれんが、今はっきり言おう。あなたを一目見たとき、私の心に不思議な新しい気持が湧き起こったんだ。世間で言う恋とかいう冷たいものなんかでなく、火山の火口から流れだす熱い溶岩みたいに、どうしようもなく溢れる思いだ。ラヴィナ、頼むからここにいてくれ。もし出ていくなら、私の心もいっしょに持っていかれてしまう」

「あなたはご自分で考えるよりもっと本当のことを言っていらっしゃるのよ」と言いながらこの美しい女は踵を返してパウルに近寄り、両腕を彼の肩に投げかけた。しかし彼を見つめたその目には、ぞっとするような炎が燃えている。

「でもやっぱりあなたが私を引きとめる理由は、ご自分中心のことばかり、ただご自分を満足させることだけですわ。ひとつでも良いからもっと私に関する理由をおっしゃってくださいな」

ラヴィナの手の感触はパウルの体全体にビリビリ伝わり、ありとあらゆる神経と筋骨を震わせた。彼はあの鋼のような青い目を全身全霊をこめてじっと見つめたが、その目の強さにはとても勝てそうになかった。彼は口ごもった。

「ラヴィナ、妻になってくれ」

「妻になれば、追っ手からも完全に守れる。ここが気に入らなければ、この地所を高く売り払って、その大金をもって外国に飛ぼう。そうすればロシアの警察なんか恐れることはない」

「ではパウル・セルゲヴィッチは、名さえ知らない女、しかも何を考えているのかもまったくご存じない女に、結婚を申し込むってわけですの?」

ラヴィナは例のごとく嘲るように笑った。

「名前とか生まれなど、どうでもいい」パウルは熱っぽく言った。

「そんなものは私が十分持っている。愛情のことなら、あなたの胸は今こそ冷たく凍っているかもしれないが、私の熱情が間もなくそこに火花を散らして見せよう」

「ちょっと考えさせてくださいな」

ラヴィナは肘掛け椅子に身を投げかけ、顔を手でおおって深い思いに沈んだ様子。パウルはまるで生死をわかつ判決を待つ囚人のように、落ち着きなく部屋のなかを行ったり来たりしていた。

ややあってラヴィナは顔をあげて口を開いた。

「では聞いてくださいな。あなたのプロポーズをよくよく考え、条件つきであなたの妻になる決心をしましたわ」

「条件など聞くまでもなく承知しよう」とパウルが熱すると、

「賭けというものは目隠しでやるもんじゃありませんのよ」とラヴィナは制した。

「とにかく聞いてくださいな。正直言って今のところあなたになんの愛情も感じていないけれど、嫌でたまらないわけでもない。そこで私の住む場所を作っていただいて、そこに一か月いることにしますわ。そして毎晩ここに参ります。私の最後の決心はあなたのふるまいしだいといたしましょう」

「で、もしその決心がノーだったら?」

「そうしたらあなたがおっしゃったとおり、私はあなたの心と共にここを去りますわ」

彼女はひびきわたるような笑い声を立てながら答えた。

「たしかに難しい条件だ。猶予期間をもう少し縮めてもらえないだろうか?」

「条件は絶対変えられません」

彼女は足をとんと踏み鳴らした。

「同意なさるんですか? なさらないんですか?」

「選択の余地はない」パウルはむっとして応じた。

「くれぐれも毎夜会いにくるのを忘れないように」

「二時間だけですよ。そのあいだに私の気に入るように、せいぜい努めていただかなくてはね。では私の住む場所を用意するよう命令してくださいな。なるべく早くそこに落ち着きたいんですもの」

パウルは彼女の希望に従った。そして数時間もすると美しい客のための立派な部屋が、このむやみに広い邸のいちばん遠くの端にいくつか用意されたのだった。

❖目覚める狼

毎日がのろのろと過ぎていったが、ラヴィナはいっこうに気を許す気配も見せなかった。約束どおり毎晩パウルと二時間だけ過ごす。そのあいだ快く彼の大げさな褒め言葉や愛情の告白を聞いてはくれたものの、冷たい微笑や嘲るような笑い声であしらうのが常だった。おまけに彼女の住む部屋には、パウルを決して入れないのだ。入るのを許された者といえば召使いたちを除いては、なぜかこの美女になついたカタリナだけ。反対にアレクシスはできるだけラヴィナを避けていたので、ふたりが顔を合わせることはめったになかった。パウルは暇つぶしに畑や村をぶらぶらして過ごす。村人たちと言えば、どうやら例の白狼が今のところ帰り遅れた農夫を襲ったりする悪行を止めたようなので、パニックからやっと立ち直りかけていた。

宵闇が迫るころ、例の散策から帰ってきたパウルは、もうすぐ約束の一か月が過ぎると胸はずませていた。ふと誰かが肩に触れるのを感じてぎょっと振り向くと、ミカルが彼の真後ろに立っていた。濃い鉛色の顔をして、目は恐怖でぎらぎら光り、びくびく痙攣する指を組んだりほどいたりしている。

「ご主人さま」彼は震え声で言った。

「ああご主人さま、お聞きください。ひどいお知らせがありますんで」

「いったい何事だ？」

パウルも思いがけずミカルの恐怖につりこまれたようだ。

「狼、あの白狼を見かけましたんです」老ミカルは囁いた。

「ばかめが！　夢でも見てるのか」主人はかんかんに怒りだし、

「お前の頭のなかにあの獣が焼きついているもんで、白い仔牛か白犬でも見間違えたんだろうが」

「うんにゃ、見間違えてはおりません」老人は言い返した。

「それにご主人さま、どうか邸に入らないでくだされ。あやつが中におりますで」

「あやつだと？　何のことだ？」

「例の白狼です、ご主人さま。あやつが家の中に入っていくところをこの目で見ましたんで。ご存じのとおりあの謎のご婦人の住まいは邸の西側の一階ですが、あやつはそこめがけて、まるで道を知っているように芝生を駆け抜けた。そして応接間の真ん中の窓をちょっと触ると、すうっとそれが開きまして、あの獣はさっさと入っていったじゃありませんか。

ああご主人さま。決してお屋敷に入られますな。あやつはあのよそ者のご婦人を決してあやめはしないでしょうが。ああ恐ろしや……」

パウルは引きとめようとするミカルの腕を強く振り払った。老人はよろめいて倒れたが、それには目もくれず斧を引っ摑むと、彼は貴婦人の部屋についてこいと召使いどもを呼びながら邸に駈けこんだ。まずドアノブを試したが、しっかり鍵がかかってびくともしない。パニックに襲われたパウルは、ドアのはめ板に向かって力いっぱい斧を振りおろした。しばらくは金属の音と板が震える音のほかは何も聞こえなかったが、そのうち騒ぎの理由を問いただすラヴィナの澄んだ声が聞こえてきた。

「狼が、あの白狼が」と何人かが叫んだ。

「ドアを開けますから身をお引きなさい。ここにそんな狼なんていませんよ。気でも狂ったんですか」

開いたドアからどっと駆けこんだ一同が、隅から隅までくまなく探したが、闖入者の影も形も見あたらない。赤面してすごすごと出ていこうとするパウルと召使いたちの足は、ラヴィナの冷たいひと声でぴたりと止まった。

「パウル・セルゲヴィッチ。私のプライバシーにあえて踏みこんだこの狼藉のわけをご説明くださいな」

皆の前にすっくと立った彼女は、それはたいへん美しかった。右腕をさしのべ、頼みもしない闖入に憤慨のあまり、胸は興奮で激しく上下している。

パウルが老執事の話をかいつまんでくり返すと、ラヴィナは憤慨の極に達した。

「つまりこんな目に合わされたのは、みなこの耄碌《もうろく》爺さんのたわごとのせいなんですか。パウル、もし私の心が欲しいのなら、この男を二度と邸に入れないでください」

もちろんパウルはこの高慢な美人の機嫌をとるためなら、自分の農奴たちを全部犠牲にしたって惜しくない。ミカルはさっそく執事の職をとかれ、二度と邸の近くにさえ近寄るなと命令されて、村の小屋に追いやられた。今まで大事に育ててきたふたりの子どもたちと別れる悲しみで老人の胸は張り裂けそうだったが、ミカルは恨み言ひとつ言わず運命に甘んじたのだった。

こうして謎の貴婦人がコストプチンの領主の亡妻のものだった続き部屋に住むようになってから、不気味な噂が広まりはじめた。召使いがいくら食事を運んでいっても、切ったりかき回したりしてあるだけで食べた様子はない。いっぽう食料の貯蔵庫から、しばしば生肉がなくなる。おまけに恐怖にかられた召使いたちが走って通る廊下に面した部屋から、気味悪い音が聞こえてくる。そして邸に住む者はみな、たびたび狼の吠え声に目を覚まされたあげく、翌朝見ると不思議にも必ずあの貴婦人の住む西側の芝生に、狼の足跡がくっきりついているというのだ。

父親に誘われることもないアレクシスは、召使いたちの仲間に入って時を過ごすことが多かったので、こうした誇張気味の噂話をよく耳にしていた。ことに使用人の夕食の食卓では、迷信深い農奴たちが想像を逞しくして喋りたてる、狼や魔女や真っ白な女性などの気味悪い昔話を、この少年は髪の毛を逆立てながらも聞いていたものだ。

アレクシスが宝のように大事にしていたもののひとつに、ミカルがくれた真鍮製の騎兵用ピストルがあった。それに弾をこめ、厄介なこの重い武器をやっと両手で捧げもって撃つことをおぼえたアレクシスの腕前は、数知れぬ不運な雀たちが証明するところだ。日ごと恐ろしい話を真剣に聴くうち彼の頭はそのことでいっぱいになり、足音のこだまする邸内の廊下をぶらつくときも荒れ放題の庭をほっつき歩くときも、このピストルを肌から離さなかった。

こうして二週間が過ぎた。パウルはますます妖しい賓客の虜となり、希望をまぶした餌をぶらさげられては、いよいよ深く危険な道へと誘いこまれていく。美しい女への狂おしい熱情と、彼女に会えない無聊《ぶりょう》にあおるブランディが、ついにコストプチンの主の脳を犯しはじめたのか、ラヴィナがやってくる時間以外には、陰鬱に黙りこんだと思うと、突然やりどころのない情熱に燃えたったりするようになった。

コストプチンの邸のうえに暗い影が、ひしひしと迫ってくるように見えた。邸は気味悪いひそひそ話と、形のおぼつかない恐怖の住みかとなり、男女の召使いたちは背後からなにか恐ろしいものが追ってくるような気がして、こわごわ後ろを盗み見ながら働くようになっていた。

追放されて三日経つころ、哀れな老ミカルはアレクシスとカタリナの安否を気遣って、じっとしていられなくなった。ついにあれほどの迷信と恐怖をも投げうち、夜な夜な白い邸の周りをうろついては、鎧戸のおりてない窓を覗いて歩く。初めのうちは白狼に出くわすのではないかと、絶えずびくびくしていたが、子どもたちへの愛情と身につけた十字架への信仰により恐怖に打ち勝ち、ミカルは毎夜コストプチンとその周辺の見回りを続けた。

理由はわからなかったが、ミカルは何か漠然とした予感にかられて邸の西側の正面近くに注意を集中していた。ある夜いつもの巡回中、彼の耳に子どもの泣き声が聞こえてきた。頭をさげて懸命に耳を澄ますと、どうもあの愛らしいカタリナの声のようだ。ミカルは急いでほのかな明かりのもれている一階の窓のひとつに近寄り、ガラスに顔を押しつけて中をのぞいた。

するとなんとも恐ろしい光景が見えたのだ。おおわれたランプのわずかな光のなかで、カタリナが床にぐったり伸び、もう泣き声もあげていなかった。彼女の小さな口には、ショールで猿ぐつわがはめられていたのだ。そしてその体のうえに屈みこんでいるのは、何やら毛ばだった白い布をまとった気味悪い恰好のものだった。そのものの手が、じっと横たわっているカタリナの胸から、着衣を引きはがそうとしている。そして小さな胸があらわになったとたん、鋼鉄がきらりとひらめいた。そしてそのものは少女の胸のところに屈みこんだ。

老ミカルは叫び声をあげて窓を打ち破り、胸から十字架を取りだして、勇ましくも部屋に躍りこんだ。そのものがはっと立ちあがる拍子に、肩から衣がずり落ちて、下から現れたのは、蒼白いラヴィナの姿だった。幅広い短刀を手にし、唇は血で赤く汚れている。

「にっくき魔女め！」ミカルは叫んでカタリナに駆け寄り、その体を抱きあげた。

「どんな悪事をやらかそうというんだ？」

ラヴィナは目をギラギラさせ、せっかくの獲物とのあいだに割りこんだ老人をにらみつけた。短刀を振りかざし、まさに彼に飛びかかろうとした瞬間、伸ばしたミカルの手のなかの十字架が目に入った。低い悲鳴をあげて短刀を取り落とした彼女は、二、三歩さがると泣き声で叫んだ。

「どうしようもなかったの。この子は可愛くて大好きなんだけど、お腹が空いて空いて、もう我慢できないのよ」

ミカルはそんな愁嘆に耳も貸さず、もどかしげに腕のなかの気絶している少女の体を調べた。カタリナの左胸に傷があり、そこから血が流れている。だが傷は浅く命に別状はなさそうだ。ほっとしたミカルが女のほうを向いてみると、彼女は野獣が調教師のむちの前で身を縮めるようにうずくまっている。ミカルはゆっくり言った。

「わしはこの子を連れていく」

「万一このことや子どもの行方を漏らしたりしようもんなら、村中の者を呼びだしてやる。そうなったら何が起こることか。このあたりの男たちが皆手に手に火のついた杭をもって此処に押し寄せ、この呪われた家とこの世のものでない住人たちを焼き滅ぼすんだ。黙っていろよ。黙っていればお前をそのままにしておいてやろう。胸に悪魔を抱いて闇の力に身売りしたパウル・セルゲヴィッチを救うことは、もう諦める」

ラヴィナは彼の言うことが一言もわからないかのように、呆然としていた。しかし老人がぐったりした重荷をかついで窓のほうへ歩きだすと、一歩一歩あとをつけて来るのだ。ミカルが最後に割れた窓を振り返ってみると、あの女が狂おしげな目に食欲を満たされなかった恨みを浮かべ、顔と血に汚れた唇をガラスに押しつけているのが見えた。

さあ翌朝、主人が目に入れても痛くないカタリナが跡も残さず消えたというので、コストプチン全体が恐怖と驚きで上を下への大騒ぎになった。一同が力を尽くして近所の野原から森までくまなく探しまわったが、少女の影も形もない。結局父親から搾り取れそうな身代金目当てに、強盗どもが少女を連れ去ったのだという結論になった。しかも美しい客人の部屋の窓に、暴力のあとがありありと残っているだけに、それは最もありそうなことだった。彼女自身も窓ガラスのこわれる音に驚いて目を覚まし、部屋に闖入しようとしていた見知らぬ男と顔をつき合わせたが、その男は彼女を見るや尻尾を巻いて逃げだしたと言うのだ。

あれほど可愛がっていた娘を連れ去られたにしては、パウル・セルゲヴィッチはさほど心痛の様子を見せなかった。なにしろ彼の人生に突然現れた女への狂おしいまでの熱情で、心はいっぱいだったのだ。もちろん捜索は指図したし、必要な命令もくだしたが、なんとなく身が入らず気乗りしない様子だった。そして少しのあいだでも新しい宝の入った箱のそばを離れるのが怖いとでもいうように、慌ただしくコストプチンに帰り急ぐのだ。

いっぽうアレクシスは妹の失踪にほとんど気も狂いそうになり、毎日足がくたびれ果てるまで捜査の者たちについて歩いたあげく、ついには頑強な農奴におぶさって帰るありさま。彼は宝物の真鍮製ピストルを、前にもまして片時も肌身離さず持ち歩いた。そして魔法でもかけたように父親を夢中にしてしまった女に会うたび、自分の無力を呪って歯ぎしりするのだった。

捜査がすべて終わった日、ラヴィナはパウルが待ち受けている部屋に意気揚々と入ってきた。いつもの時間より一時間はたっぷり早めだ。驚いて立ちあがったパウルに、女は言った。

「私を見てびっくりなさったようですわね」

「でもほんの数分だけ、お目にかかりに来たんですの。あなたが私を愛していらっしゃるのはよくわかりました。私の心にひっかかっている二つ三つの難点が解決すれば、私はあなたのものになるかもしれませんわ」

「その難点とはいったい何だ」

叫ぶなりパウルは彼女のほうに走りよって、その手をとった。

「私がそれを克服できると信じてくれ」

いよいよ実現しそうな勝利の期待に燃えながらも、パウルは熱く握っているラヴィナの指が氷のように冷たく、握り返しかたにもまったく情熱がこもっていないのを感じずにはいられなかった。

「ねえ聞いてくださいな」と彼女は手を引っこめた。

「あともう二時間考えることにしますわ。そのころにはコストプチンはみな眠りにおちていること でしょう。そうしたら庭のいちばん下のほうにある、イチイの木のそばの日時計のところで会ってく ださいな。私の返事はそこでいたしますから。いいえ、何も言わないで」

彼女はパウルが抗議しようとするのをたしなめた。

「きっと良いお返事になるだろうと思いますもの」

「どうしてここに戻ってこないんだ？　今夜はきびしい霜がおりるというのに」

「天気が変わるのを怖がるなんて、あなたはそんなに冷たい恋人なんですの？」

彼女は例のごとく嘲るように笑った。

「私はすべて申しあげましたから、もう何もおっしゃらないで」

彼女はすばやく部屋から出ようとしたが、廊下にいたアレクシスにもう少しでつまづきそうになって、低い怒りの声をあげた。

「なぜこの腕白はベッドに入っていないの？　びっくりするじゃない」

「おい、お前は自分の部屋に引っこんでろ」

父親に荒々しく叱り飛ばされた息子は、憎々しげに敵をにらみつけ、のろのろ立ち去っていった。

約束の二時間が経つまでパウル・セルゲヴィッチは、部屋のなかを行ったり来たりしていた。彼の心は重く、ぼんやりとした不安が忍び寄ってくる。約束を守るまいと二〇回以上も決心したものの、それと同じ回数だけあの美女の魅力がその決心を翻させた。そもそも子どものころから、パウルはあのイチイの木のそばが嫌いだったものだ。いつも何か気味の悪い異様な場所だと思っていただけに、今でさえ暗くなってからそこへ行くなど、いくら美人との約束にせよ考えるのも嫌だった。

一秒一秒を数えながら、まるで隠れた機械に突き動かされるように、パウルは行ったり来たりしていた。ときどき顔をあげて時計をにらむ。ついに金属的な音で、時計が最後の一五分を告げた。もし約束を守るなら、もうぐずぐずしてはいられない。彼は重い毛皮のコートをまとい、旅行のときかぶる帽子を耳まで引きさげて、脇の戸口から外へ出た。葉の落ちた樹々を満月が冷たく照らしている。その光のなかで樹々は白々とまるで幽霊のように立っていた。荒れ放題の芝生には白灰色の霜がおり、ときに厳しい突風が吹いてきて、厚着しているのに彼の血は血管のなかで凍りつきそうだ。まもなくイチイの木の暗い姿が彼の前に立ちはだかり、彼はその黒っぽい枝のそばに立った。数歩離れたところに古い日時計が見え、そのそばに白い毛ばだった外套にくるまって、ほっそりした姿が立っている。じっと動かないその姿を見た瞬間、またしても漠然とした恐怖が、パウル・セルゲヴィッチの全身を通り抜けた。

「ラヴィナか！」彼は口ごもった。

「私を幽霊とでも思ったんですの？」美女は甲高い笑い声をあげ、「いいえ、いくらなんでもまだそこまではいっていませんわ。それはそうとパウル・セルゲヴィッチ、私お返事を持ってきたんですよ。お聞きになりたいでしょうね」

「白々しい。きまってるじゃないか」とパウル。

「全身全霊、答えを待って燃えてるんだ。もうこれ以上じらさないでくれ。イエスなのかノーなのか？」

「パウル・セルゲヴィッチ」

若い女性は彼に近づくと、彼の肩に手をかけてじっと彼を見つめた。そのまなざしにはあの気味悪い表情が浮かんでいる。それを見るたびパウルは身震いが出るのだ。

「パウル、あなたはほんとに私を愛してくださるの？」

「愛するかだって？」コストプチンの主はくり返した。

「全身全霊、どんなに強くあなたに惹かれているか、もう何百回、何千回と言ったとおりだ。私はもうあなたがいるところでしか、息をすることも生きることもできない。あなたがいない人生を生きるより、あなたの足もとで死ぬほうを歓迎する」

「人はよく死を語るけれど、そのくせどんなに死に近いかほとんど知らないものですわ」

彼女の顔にはぞっとするような表情が浮かんだ。

「あなた、ほんとうに心の全部を私にくださるの？」

「私の持っているものは、何もかもあなたのものだ。名前も、財産も、一生捧げる愛情も」

「私が欲しいのはあなたの心なのよ」と彼女は言い張った。

「それがまるごと私だけのものとおっしゃって」

「そうだ、いとしいラヴィナ、私の心はあなたのものだ」

パウルは、熱情をこめて彼女のなよやかな体を抱きしめようとした。が、ラヴィナはするりと抜けだすなり飛びかかってきて、世にも恐ろしい表情で彼の顔をにらみつけた。その目はおぞましい炎でギラギラ輝き、ぐっと後ろに引いた唇から白く鋭い牙がむき出しになっている。彼女は息を弾ませて喘ぎながら呟いた。

「私、とってもお腹が空いているのよ。ああ、もうぺこぺこだわ。だけどパウル・セルゲヴィッチ、もうあなたの心は私のもの」

相手の身の動きがあまりにも突然で意外だったので、彼はよろめいて胸にしがみついている美女ともどども、どっと後ろに倒れてしまった。パウル・セルゲヴィッチが自分の立場の恐ろしさを思い知ったのは、この瞬間である。彼の目には自らの宿命がはっきり見えた。だが女を払いのけようにも、体がしびれて腕が言うことをきかない。この忌まわしい抱擁が体中の筋肉を麻痺させてしまったのか、どうしても逃れられないのだ。

こちらをにらみつけている彼女の顔には、不気味な変化が始まっていた。人間らしい特徴がだんだん失われていく。突然すばやい動作で彼女はパウルの着衣の胸元を引き裂き、次の瞬間にはもう彼の胸に惨たらしい穴を開けていた。そしてそのほっそりした両手で彼の心臓を引きちぎって、むしゃぶりついたのだ。そのおぞましいごちそうに夢中になるあまり、彼女は死に瀕してもがくコストプチンの領主に目もくれず、木から木へ藪から藪へと隠れながら近づいてくる小さな姿にも、まったく気がつかなかった。

やがてその姿は恐ろしい悲劇の現場からほんの十歩ほどのところまでやって来た。と思うと月の光が、幼い両手で殺人女に狙いを定めたピストルの長い銃身を照らしだした。鋭い銃声がひびき、獣のような悲鳴をあげたラヴィナは男の死体から飛び退いて、少し離れた茂みのなかによろめきこんだ。

アレクシスはふたりの密会の約束をぬすみ聞き、その場所まで父の後をつけて来たのだ。ピストルを発射したとたん彼の勇気はくじけてしまい、彼は大声で助けを呼びながら家まで駆け戻った。まもなく驚いた召使いたちが殺された主人のまわりに集まったが、コストプチンの主はすでに助けようもなくこと切れていた。恐怖と迷信でがたがた震えながらも茂みを探しはじめた農夫たちは、そこに横たわっている大きな白狼を見つけて飛びのいた。見るとその狼は前肢のあいだに半分食べかけの人間の心臓をつかんだまま息絶えていた。

❖余韻

それ以来、邸の西側に居をかまえていたあの美女を二度と見た者はいない。彼女はまるで悪夢のようにコストプチンを通り過ぎて去った。そして夜になると村の農夫たちがストーブを囲んでは、森から現れた美女とコストプチンの白狼の不思議な話をひそひそと囁きあうのだった。コストプチンの領地には皇帝の命令で管理人が置かれ、アレクシスは成人して軍隊に入れるようになるまで、士官学校に送られることになった。

危険が完全に過ぎ去ったのを見届けるまで、忠実な老僕ミカルが隠しとおしたカタリナとアレクシスの再会は、見る人の涙を誘った。けれどもその後ヴィテパクの遠縁の親戚の家に住むようになったカタリナが、夜ごと白狼に襲われる夢を見ては悲鳴をあげて目を覚まさなくなるまでには、かなりの年月がかかったのだった。

狼娘の島

The Gray Wolf[1871]

ジョージ・マクドナルド

George MacDonald

ある春の黄昏どきのこと、スコットランドも北のはてに散らばるオークニーやシェトランドの島々を歩き回っていた若い英国人の学生が、ある小島に足をのばしたところ、にわかにあられまじりの強風を伴う嵐に襲われた。あいにく避難しようにもそんな場所はどこにも見当たらない。第一この嵐では視界がすっかり遮られて何も見えないばかりか、あたりには荒れ地の苔以外に何もありはしなかった。

しゃにむに歩き続けているうち崖っぷちに出たが、下を見ると数メートルおりたところに、ちょっとした岩棚がある。強風はうしろから吹きつけていたから、そこならなんとか風をしのぐことはできそうだった。手をついてやっとのことで岩棚におり立つと、足もとで何かがパリパリ砕ける音がする。目をこらすとそこには小さな獣の骨が無数に散らばっており、その奥に避難できそうな小さな洞穴があった。彼は中に入って石のうえに腰をおろしたが、外では嵐がますます荒れ狂って、すぐには止みそうにない。闇が迫るにつれ彼はしだいに不安になってきた。こんなところで夜を過ごすのはまっぴらだ。島の反対側で別れてきた仲間が、さぞ彼のことを心配しているだろうと思うと気が気でなかった。そのうち嵐がしばらく静まったと思うと、洞穴の前で骨を踏む足音が聞こえてきた。野獣のような忍びやかな軽い足音だ。彼はぎょっとして立ちあがった。本来ならこの島に凶暴な野獣はいないのを思い出したはずだが、そんなことを考える間もなく、洞穴の入り口に女の顔が現れた。ほっとして声をかけると、女はびくりと驚いたようすだが顔は洞窟の闇でよく見えない。

「沼地を横切ってシールネスへ行く道を教えてくれませんか?」と訊ねると、

「今夜は無理でしょうね」と彼女は優しい声で答え、白く輝く歯を見せて微笑んだ。

その微笑みに彼は胸を躍らせ、

「じゃあどうすればいいんでしょう?」

「母さんが一晩泊めてくれるわ。でもそれだけのことしかできないけれど」

「とんでもない。たった一分前はそんなことは望めもしなかった。ほんとに助かります」

何も言わず外へ出た彼女に若者は従った。褐色の形のよい彼女の素足は猫のように軽々と鋭い石を踏んで、浜辺へとおりていく。着ているものは粗末でずたずたに裂けており、髪の毛は風に吹かれてもつれていた。年ごろは二四、五ぐらいだろうか、小柄な体はしなやかだ。短い服を気にして、歩きながら長い指でしきりにスカートを引っ張っている。濃い灰色の疲れた顔。でも形はデリケートで肌は滑らかだ。ほっそりした鼻とまぶたが震えており、唇は美しい形をしていたが、まったく血の気というものがない。目は伏せたままだったので、瞳はどんな色なのか彼には見えなかった。

崖下には小さな掘立小屋が、崖に寄りかかるように立っていた。自然にえぐれた空間が、恰好の部屋になっている。煙が岩を這い、うまそうな食べ物の匂いが腹を空かせた学生の鼻をくすぐった。娘に従って小屋に入ると、部屋の真ん中の炉に女がひとりかがみこんでいる。火のうえでは大きな魚がこんがりと焼けていた。娘が何事かをささやくと、こちらに向いてこの見知らぬ客を快く迎えたその老女は、皺だらけの実直そうな顔に何か悩んでいるような表情を浮かべている。彼女はひとつしかない椅子の埃を払い、火のそばによせて彼にすすめた。腰をおろすとそこは窓のひとつに面しており、窓をとおして向こうの狭い黄色の砂浜に、勢いを失った波が寄せては広がるのが見えた。娘はその窓の下のベンチに体を妙な形にのばして寝そべり、手に顎をのせて彼に目を向けた。そのとき初めてちらりと見えた彼女の青い眼は、飢えたように彼をじっと見つめている。だが次の瞬間、娘は慌てて目を伏せてしまった。その目が見えなくなったとたん彼女の顔は、血の気はないがなかなか美しく思われた。

魚が焼けると老女はカードテーブルを拭い、でこぼこの床に据えた。そして薄い麻のテーブルクロスをかけ、木皿に魚をのせて客にすすめた。ほかに何も道具が見当たらなかったので、若者はポケットから狩猟用ナイフを取りだして魚を切り分け、まず母親にすすめると、

「さ、こっちにおいで」と老女は娘を呼んだ。

娘はテーブルに近づきはしたけれど、いかにも嫌そうに鼻と口をゆがめ、あっというまに身を翻して小屋を出ていってしまった。

「あの子は魚が嫌いなんですよ。でもほかにやるものは何もなくて」

「見たところあまりお元気ではないようですが」

と若者が言うと、老女はただ深いため息をついた。

ふたりがライ麦のパンと魚の夕食をすませたころ、扉近くの砂のうえを犬が歩くような足音が聞えてきた。窓からのぞく暇もなく扉を開けて入ってきたのはさっきの娘。つい今しがた顔を洗ったばかりなのか、前よりずっと顔色が良く見える。彼女は足のせ台を火の近くに寄せると、向かい側に腰をおろした。見ると裂けた服の下の白い肌に、血が一滴ついている。いったいこれはどういうことなのだろう？　若者は混乱するばかりだった。

老女はウイスキーのつぼを出してきて錆びたやかんを火にかけ、その前に座りこんだ。そして湯が湧くと、木の器に熱い飲みものを作りはじめた。

そのあいだも若者はずっと娘から目をそらすことができず、しだいに彼女に魅せられていった。いやむしろ魔法にかけられたような気分になったと言ったほうがよさそうだ。濃いまつげに囲まれた美しいまぶたに隠れた彼女の目は、ほとんど見えない。彼はすっかり心を奪われ、じっと彼女を見つめ続けた。灯油ランプの赤い光が彼女の奇妙な顔色を和らげている。けれどもその瞳をちらと盗み見ると、なぜか彼の魂はおののくのだった。美しい顔と渇望するような眼を見ていると、魅力と怖気《おぞけ》が代わる代わる感じられるのだ。

老女が飲みものの入った木の器を若者に渡した。彼はそれをすこし飲んでから娘にそれをまわすと、彼女は器を唇に近づけてほんのわずかに味わい、彼をまたじっと見つめた。飲みものに何かが盛られているのか、頭がおかしくなったようだ。にわかに彼女の髪の毛が後ろに撫でつけられ、おまけに額までが後退していく。顔の下のほうは、みるみる器に向かって突き出してきて、飲みものを味わおうとする唇から白く輝く歯がむき出しになった。しかしそう思った瞬間、幻は消え去り、娘は器を母親に返すと立ちあがって慌ただしく小屋を出ていった。

老女は部屋の片隅のヒースの束でできたベッドを指さし、口のなかで詫びごとを呟いた。一日中歩き回ったあげくの晩の奇妙なできごとに疲れきった若者は、自分の服を体に巻きつけて寝床に身を投げだした。ところが折りから嵐があらたに勢いをまして荒れ狂いはじめ、小屋の隙間から風が容赦なく吹きこんでくる。彼は上着を頭からすっぽりかぶって、やっとのこと耐えた。こんなありさまでは、とても眠れたものではない。横になったまままんじりともせず、刻々激しくなる嵐の音を聞いているうち、とうとうしぶきが小屋の窓に吹きつけてきた。と、扉が開いて娘が入ってきた。彼女は火を起こすとベンチを火のそばによせて、昼間と同じ奇妙な姿勢でそのうえに身を伸ばし、顎を手のうえにのせて若者のほうに顔を向けた。彼はちょっと身じろぎしたが、彼女はそのまま交叉した腕のうえに顔を伏せて寝入ったようだ。母親はどこかに姿を消していた。

彼はふと眠気に襲われたが、ベンチのところに何かが動くのを感じて眼をさました。夢のようでもあったが、四つ足の大きな犬のような獣が音もなく外へ出ていくのを見たような気がする。その一瞬冷たい風が吹きこむのを感じたのはたしかだ。

じっと暗闇に眼を凝らすうち、あの娘と眼が合ったようにも思う。けれど残り火が崩れたときの光が、かなりはっきり照らしだしたベンチには誰もいなかった。この嵐のなかでいったい何をしに出ていったんだろうと訝《いぶか》るうち、いつのまにか眠りに落ちていった。

真夜中、彼は肩に痛みを感じてはっと眼を覚ました。顔の近くに迫っていたのは、眼をぎらぎらさせ白い歯をむき出した獣のようなもの。肩にはその爪がくいこんでいたのだ。おまけにその口は、今にも喉元に食らいつかんばかりだった。あわやその牙が喉に突き刺さろうとする瞬間、若者はそいつの喉を片手でむずと摑み、もう片方の手でナイフを探っていた。激しい取っ組みあいになったが、彼は襲いかかってくる鋭い爪をなんとか避け、とうとうナイフを見つけて刃を開くことができた。最初のひと突きは外れたが、もうひと突きで喉の急所をと構える彼の腕から、総身のバネを使って力いっぱい首を捻ったその生きものは、叫びと吠え声の半ばしたような声をあげて逃がれでた。ふたたび扉が開くのが聞こえ、吹きこんでくる冷たい風を感じたとたん、風どころか波のしぶきまでが床をぬらし、顔に降りかかってくる。彼は寝床から飛び起きると扉めがけて走った。

外はまさに狂乱の夜だった。小屋の近くで砕ける波頭の白さ以外は真っ暗で、風はその闇のなかを激しく吹き荒れ、雨が滝のように降り注ぐ。泣き声とも遠吠えともつかない陰惨な音が、暗闇のどこかから聞こえてきた。彼は慌てて小屋のなかに戻り扉を閉めたが、開かないように止めるすべはどうしても見つからなかった。

ほとんど消えかかった灯油ランプの光では、娘がベンチに横たわっているかどうかを見極めることはできない。不安を抑えてベンチに近づき、手で確かめるとそこには誰もいなかった。彼は腰をおろしたが、もう眠るどころではなく、じっと夜が明けるのを待った。

やっと待ちわびた夜明けがくると、彼はさっそく外に出てあたりを見回した。朝と言ってもまだ灰色で薄暗く、風はややおさまったとはいえ、波はまだ荒れている。早く明るくなってくれと祈りながら、彼は狭い浜を行ったり来たりしていた。

しばらくすると何ものかが小屋のなかで動く気配がし、ややあって昨夜の老女が扉のところに姿を現して彼を呼んだ。

「ずいぶん早いお目覚めですね。あまり良く眠れなかったのでしょう」

「はあ、どうもあまり眠れなくて。で、娘さんはどこですか?」

「それがまだ寝ているんですよ」と母親は答えた。

「粗末な朝ご飯ですみませんが、魚を少しあがってください。もうそれしかありませんので」

食欲はまったくなかったが、せっかくの親切を断われず彼は食卓についた。食事中娘がついと入ってきたが、すぐ顔をそむけて向こうの隅に行ってしまった。

しばらくして戻ってきた彼女の髪を見ると、ぐっしょり濡れている。顔色は前より蒼白く見え、気分でも悪いのか今にも気を失いそうだ。眼をあげたところを見ると、その眼からあの激しさが消え、悲しげな表情に代わっていた。首に木綿のハンカチを巻き、もはや彼の眼を避けようともせず遠慮がちに彼の話を聞いている。このぶんならここにもう一晩泊まるのも悪くない。そんな思わくに負けそうになった若者の心をすばやく察した老女は、口を開いた。

「天気は今日一日なんとか保ちそうですから、もうそろそろ出発なさらないと、お仲間が先に行ってしまわれるのでは？」

答えるよりさきに彼は娘の顔に浮かんだ嘆願するような表情が気になって、一瞬ためらった。ところが母親の顔は見るまに怒りにひきつり、手をあげて娘を打とうとしている。娘は悲鳴をあげて頭をたれた。若者はとっさに親子のあいだに割って入ろうと、テーブルをまわって走りよったが、それより早く母親は娘を摑んだ。その拍子に娘の首をおおっていたハンカチが外れ、あらわになった美しい喉には五つの指のあとが青い痣になって鮮やかに残っていた。まがいもなく彼の手のあとだ。彼はショックのあまり叫び声をあげて逃げだした。扉のところで振り返ってみると老女は床にぐったり倒れ、大きな灰色狼がこちらに猛然と飛びかかってくる。

手近に武器はない。いやたとえあったとしても相手が女性では、いくら狼の姿をしていても、男として傷を負わせることはできなかった。自分が醜い痕を残したあの喉をもう一度摑もうと指を曲げた腕を伸ばし、彼は本能的に身構えた。けれども獣はその手を避けて急所めがけて飛びかかってくる。今にもその牙を感じるだろうと覚悟した若者の胸に飛びこんで、啜り泣きながら首に手を巻きつけてきたのは、若い女だった。と思った次の瞬間、灰色狼が彼の胸をとび離れ、吠えながら崖を駆け登っていくのが見えた。上の沼地に出るには、どうしてもこの崖を登るしかない。若者はなんとか気を取り直して崖を登りはじめた。仲間を見つけるには崖上の沼地を横切っていかなくてはならないのだ。

突然彼は骨が砕かれる音を耳にした。それは何かを食べるというより、怒りと失望の歯ぎしりのような音だった。眼をあげるとすぐ上に、昨日避難した小さな洞窟の入り口が見える。彼はありったけの勇気をふるいおこし、息を殺してそのそばを通り越した。洞穴のなかからは呻きと唸りが混ざりあった音が聞こえてきた。

崖のうえに登りつくが早いか、彼は死物狂いで沼地をひた走った。しばらくしてやっと勇をこして振り向くと、空を背に崖のふちに立って狂おしげに身悶えしている娘のシルエットが、はっきり見えた。さらに悲痛な呻きがただ一声、ふたりを隔てる沼地をわたって聞こえてきた。もうこれ以上追ってくる様子はない。

若者はこうして無事島の向こう岸に辿り着いたのだった。

狼女物語

A Story of a Weir-Wolf [1846]

キャサリン・クロウ

Catherine Crowe

それは一五九六年の夏、爽やかな明るい朝のこと。オーヴェルニュの山中に埋もれた小さな村の可愛らしい家の戸口に、若い娘がふたり座っておりました。この家の主《あるじ》は娘のうちのひとりマノンの父、ルードヴィク・ティエリーというまずまず裕福な大工。もうひとりの娘フランソワーズの父は、彼の義兄ミカエル・ティルーズという医師でした。

フランソワーズの母はもう数年前に亡くなっており、父ミカエルは中世の神秘的な伝説のすべてに詳しい、一風変った人でした。彼は自分の好みでまったく役にも立たないことからほんとうで美しい話まで、娘にさまざまなことを教えました。書物からの知識だけでなく、彼は娘を野原に連れだして薬草や花の名と特性を教え、「世界の上に広がる天空」に思いを馳せ、頭上をめぐる黄金の天球についても、知られていることをすべて話して聞かせたのです。

ミカエルはまた錬金術師でもあり、もう長年坩堝《るつぼ》による実験に夜更けまで没頭して命をすり減らしたうえ、全財産を注ぎこんでいたのでした。ところが七〇歳に近づき、愛娘フランソワーズは一七歳になろうというのに、求め続けた不老不死の妙薬も賢者の石も、いまだに見つかっていませんでした。いよいよ彼の資金も希望もあわや尽きようというとき、パリから耳よりな便りが届きました。最近パリにやって来たイタリア人が、その究極の秘密をついに発見したという知らせです。ここにいたってミカエルは、もはや自分の金や時間を費やして闇を手探るより、その成功者を頼って即時に知識を手に入れるのが最も賢明だと決心し、早速フランソワーズを従妹マノンのところに預けてパリに出かけたのでした。

フランソワーズは父を深く愛してはいても、叔父のところに預けられるのはそれほど嫌なことではありませんでした。マノンの住んでいるロック村は小さいとはいえ、孤独な医師の家よりもはるかに賑やかでしたし、老いた錬金術師の夢みたいな空論などより、若い娘同士のお喋りのほうがよほど楽しかったからです。マノンにとっても従姉が来るのは楽しみでした。マノンは親が村いちばんの金持とあって、すこしお高くとまってはいましたが、近所の娘たちとは親しく内緒話もしていたし、尊敬している従姉のフランソワーズが来るのは大歓迎だったのです。お互いに二か月ほど一緒に暮らせるのを心待ちにしていました。そして今ご紹介したとおり、ふたりは家の前に仲良く座っていたというわけです。

「ねえマノン、陽の光が暑すぎて我慢できなくなってきたわ」と言ったのはフランソワーズです。

「もう中に入らなくちゃ」

「じゃお入りなさいな」とマノン。

「あら、あなたも入らないの?」

「いえ私、暑さはそれほど気にならないのよ」

フランソワーズは針仕事を片づけて家に入っていきました。いっぽうマノンはしばらく外に残っていたのですが、やはり暑さよりお喋りしたい気持に負けてしまいました。戸口で軒の陰に立っていれば、お喋りは続けられそうです。この暑さをおして外に出ている者はマノン以外にいなかったので、前の小径は人の影もなくしんと静まりかえっていました。ですから村の入り口にある跳ね橋を渡ってくる馬の蹄の音は、騎手をのせて目の前を通るずっとまえから聞こえていたのです。

その音を聞きつけたフランソワーズは戸口から頭を出しましたが、誰も見えないのでまた引っこめてしまいました。いっぽうマノンは音の方角にちらりと目を走らせ、すぐ針仕事に戻って熱中しているふりをしました。でもその顔を覗けば、頬にさっと血がのぼったのが見えたはずです。しかもそのあとすぐ青くなったところを見ると、彼女はただ陽に肌をさらすため外にいたのではなさそうでした。

近づいてくる馬に乗っていたのは流行の服装に身を飾った陽気そうな美男の騎士です。左肩にかけた優雅なマントの豪華な刺繍が陽に輝いているのを見れば、高貴な階級と地位をもつ騎士であることは明らかでした。今までこんなにきらびやかで美しいものを見たこともなかったフランソワーズは、戸口から顔を隠すのも忘れ、口を開け目を丸くして近づいてくる騎士の姿に見とれていました。騎士のほうも同じように驚いた様子です。でも彼女はそれに気がつかず、彼が帽子をとってうやうやしくこちらに頭をさげるのを見て、はじめて若い頬を染め、慌てて目を伏せたのでした。そのとき思わず一歩あとに退がりはしましたが、馬上の騎士が通り過ぎると、急いでまた元のところに戻り、首をのばして後姿を見送りました。すると騎士もフランソワーズのほうを振り返り、ふたたび帽子をあげて挨拶してから、ゆっくりと馬を進めていったのです。

「まあ呆れた、フランソワーズ」顔を赤くしたマノンは、怒った目をして叫びました。

「驚いたわね、あなたがデュヴァルドさまを知っているなんて、思いもよらなかったわ」

「どなたですって?」フランソワーズは聞き返しました。

「あの方がデュヴァルドさまなの?」

「当たりまえじゃないの」とマノン。

「まさか知らなかった振りをするんじゃないでしょうね?」

「ほんとに知らなかったのよ。今まで一度も見かけたことないわ」

「まさか、私がそんな嘘を本気にするほど馬鹿だと思ってるの？」マノンは冷ややかに笑いました。

「何言ってるのよ、マノン！　私がデュヴァルドさまを知っているわけないわ。ねえ、でももっとあの方のことを教えてちょうだい。お城に住んでいらっしゃるの？」

「最近はそのようね」と不機嫌なマノン。

「その前はどこに住んでいらしたの？」

「旅をしていたんだと思うわ」

それはほんとうのことでした。ヴィクトール・デュヴァルドは諸外国を巡って一騎打ちの試合に出場したり、美しい貴婦人の心をうばったりしていたのです。けれど、もうそろそろ身を固めさせようと考えた父親が、つい最近城に呼び戻したのでした。フランスでも指折りの裕福な跡取り娘のひとり、モンモランシー家のクレマンス姫に引き合わせるのが目的でした。

ずいぶん若いとき家を離れたヴィクトールは、いわゆる「恋に落ち」たことは何回となくありましたが、それは子どもっぽい夢想や火遊びに過ぎず、心の琴線にまで触れた女性は、ついぞありませんでした。ですから見合いの相手がモンモランシー家のクレマンス姫と聞いても、その縁談をとくに嫌だとも思わず、黙って父親に従うつもりでした。

もっとも当のお相手に紹介されたとき、心を奪われたとはお世辞にも言えません。彼女は感じもよく分別ありげで優しそうでしたが、なにせ不器量で服装も野暮。とはいえ、ヴィクトールは愛情を感じないまでも嫌いというわけでもなく、ほかに好きな人もいなかったので、お互いの家族が満足できる家柄や財産で取り決められたこの縁談を、喜んで受け入れる意志を表明したのです。

そこで彼は当時の婚約のしきたりを実行しはじめました。毎日欠かさず未来の舅《しゅうと》の城に馬で通い、適当な相手と午前中のほとんどをそこで過ごすのです。たまたま通り道にはマノンの住むロック村があったので、顔も可愛いけれどうぬぼれも強いマノンは大喜び。それからというもの自分の美しさを見てもらうチャンスを逃すことはありませんでした。そしてなんとなく始まった彼の挨拶も、連日くり返されるうちに、いつしか無言の戯れのようなものに発展してしまいました。若い伯爵が微笑むと、マノンも頬を染めて微笑み返す。騎士はべつに彼女のことを何とも思っていなかったのに、彼女はしだいに自分に気があるのに違いない、だから毎日こうして家の前を通るのだ、と思いこんでしまったのです。

ところが今日美しいフランソワーズを見たとたん、ヴィクトールは礼儀を忘れるほど驚いたのでした。可愛い娘のひとりには無関心なのに、世間の目ではそんなに違いのないもうひとりの娘の美しさには礼儀を忘れる、こうした男性の気持を理解するのは難しいけれど、ヴィクトールの場合はまさにそれでした。彼の脳裏には、たちまちフランソワーズの美しい姿が焼きついて離れなくなったのです。身分の低い娘の美しさに惚れこんだ自分を笑いながらも、もう一目見ようと馬を戻したい心は抑えられません。しかし戻ってみると見えるのはもうマノンだけ。そのうちフランソワーズも現れるかと歩をゆるめて家や窓に目を走らせましたが、あの美しい姿はどこにも見当たりませんでした。

「彼女はここの住人でなくて、たまたま遊びにきたのだろうか?」

マノンにそれを訊ねることができれば、全世界をやっても惜しくないほどでしたが、話したこともない相手にいきなりそんな質問をするなど、とても考えられません。とにかく動機がばれては困ります。しかたなく彼はマノンに挨拶して通り過ぎました。でもあちこち探るような彼の眼差しや、ゆるめた歩調、まったく熱のない挨拶にマノンが気づかないはずはありません。おまけに彼はモンモランシー城から、いつもより早く戻ってきたのです。気を悪くしたマノンは、いつもの習慣とは違う彼の行動を敏感に悟っていました。

マノンの虚栄心を傷つけさえしなければ、誰でも彼女といっしょに仲良く暮らせるはずなのですが、衝突してしまったら最後、彼女の強い性格が目を覚まし、毒のとげを覚悟しなくてはなりません。マノンとフランソワーズはべつに永遠の友情を誓うでもなく、互いに特別な愛情を抱いているふりもしないまま、これまでのところは仲良しでした。マノンはフランソワーズが、自分が持ち合わせない豊かな教養を持っていることは知っていましたが、教養の価値を認めるわけでなく、さっぱり理解もしていなかったため、フランソワーズを羨ましくも思わなかったのです。ただし美しさとなると、こだわりました。つやつやした黒髪と輝く褐色の瞳を持ったマノンは、柔らかな青い目と褐色の髪が平凡な従姉より、自分のほうがずっと美しいと思いこんでいたのです。

けれども今日若い伯爵がフランソワーズにあからさまな関心を示した瞬間、彼女はライバルになりました。

自分でもそんなことは思いもしなかっただけに、マノンはよけい苛立ち、どうしようと迷いはじめました。戸口に座るのを止めれば、デュヴァルドさまを見られなくなる。でも戸口に座れば、従姉も出てきて座るに違いない。このジレンマに気持は堂々巡りするばかりでしたが、フランソワーズが自分から戸口に座って問題を解決してくれました。もちろん従姉の様子を見ようと出てきたマノンは、ご機嫌ななめです。その日ヴィクトールがフランソワーズに挨拶しただけでなく、馬の腹帯を締め直す口実で戸口の真正面で馬からおりたときには、もうかんかんでした。

それから二か月のあいだ続いたヴィクトールとフランソワーズのこの無言のロマンスを、こと細かに描写するのは控えますが、フランソワーズのロック村滞在が終わるころには、互いに口もきかないまま彼女はヴィクトールの心をすっかり虜《とりこ》にし、彼もまた完全に彼女の心を奪ったとだけ言っておきましょう。ですからカヴァニスの自宅に帰ることになったとき、フランソワーズの心は老父に再会する喜びと、もう二度と初恋の人に会えなくなる悲しみとのあいだで引き裂かれそうになったのです。

しかしそれは取り越し苦労というものでした。ヴィクトールの情熱はすでに身分の差を超越してしまい、彼の馬が運良く蹄鉄をなくした機会に、カヴァニスの鍛冶屋からフランソワーズについて、根掘り葉掘り聞きだしたのです。モンモランシー城からそれほど遠くないこともわかり、彼女の父の医師に相談があるという口実をもうけて、ヴィクトールは早速訪ねていきました。

初めのうち彼はフランソワーズの顔を見ることもできませんでしたが、忍耐がしだいに実を結んで親しくなるにつれ、ヴィクトールは彼女の美しさと同じくらい、豊かな教養にも感嘆したのです。父の錬金術師の気に入られるのは、それほど困難ではありませんでした。なにしろこの若い騎士は、当時盛んに行われていたオカルトの研究に、本気で敬意と興味を抱いていたからです。やがて、彼がモンモランシー城で過ごす時間より、この医師のところで過ごす時間が増えていきました。そしてとうとうヴィクトールとフランソワーズは手を取りあって、そのあたりの広い緑の野原を散歩するようになっていったのです。彼は永遠の愛を誓い、モンモランシーの大資産相続などに誘惑されるようなことは決してないと言い切ったのでした。

かくてふたりは世間のことを忘れて恋に浸りきっていたのですが、世間のほうはふたりのことを忘れたわけではありません。

ヴィクトールが初めてフランソワーズに挨拶して以来、マノンは執念深い仇と化していました。マノンにもプライドがありますから従姉を避ける理由をできるだけ隠していましたし、フランソワーズのほうはヴィクトールについて白《しら》を切るマノンを真に受けていただけに、彼女が日増しに冷淡になっていく理由が、嫉妬だとは夢にも思っていませんでした。結局彼女たちが別れる日がくるころにはふたりの心は完全に離ればなれになっており、フランソワーズが家に帰ってからは、交流はいっさい途絶えてしまいました。だからマノンがヴィクトールのカヴァニス訪問を耳にしたのは、かなりあとになってからのことです。けれどいつまでも知らずにいられるはずがありません。

モンモランシー家にはジャック・レナールという使用人がおりました。彼は侯爵の大のお気に入りで、まだ小さいとき領地の小作人だった両親が亡くなってジャックが一文無しの孤児になったとき、侯爵に引き取られ育てられたのです。今や城主の個人秘書にまでなっていたジャックは、錬金術師の娘フランソワーズに首ったけでした。フランソワーズも世間のことに疎かったので彼の口説《くどき》を拒む理由もなく、素直に受け入れていたのです。心を奪われていたわけではないけれど、若い娘というものはえてして自分の心については無知なもの。ところがそのフランソワーズもヴィクトール・デュヴァルドに会って初めて恋というものを知ってみて、そんな熱い思いをジャックにはまったく抱いていないのに気づいたのでした。平然と今までのような好意的な応対ができなくなり、熱心な求婚者ジャックをすっかり落胆させてしまったのです。当然ライバルがいるものと想像し、いったい誰だろうと知りたくてたまらない彼の耳に、その情報はほどなく届けられました。

さてフランソワーズとヴィクトールはモンモランシー領内でランデブー中、人に会わずにすむよう一門の人びとが行きそうなところを避けていたのですが、領内の森番たちの鋭い目を逃れることはできませんでした。ヴィクトールがどこで時を過ごしているか、クレマンス姫やマノンの耳に入るずっと前から、この連中は若い恋人たちが森のなかやその境にある錬金術師の家で逢い引きしているのを知っていたのです。森番のかしらは熱心にマノンに求婚していたピエール・ブルイという男でしたが、取り柄は射撃の腕だけ。無知で粗野なので、もう何度となくマノンに断られていたのです。もっとも少し鈍いこの男のことですから、財力なら自分こそ彼女と結婚するにふさわしいと確信していました。おまけにマノンの父のティエリー老人とは懇意だったので自信たっぷり、ロック村に来るたびマノンの家に顔を出すのです。この男の口からマノンはカヴァニスで何事が起こっているかを知らされたのでした。

「そうなんだぜ」マノンの胸に渦巻く嫉妬などつゆ知らず、ピエールは得意そうに、

「あれが家族に知れたら大ごとになるぞ。彼がクレマンス姫をさしおいてフランソワーズ・ティルーズと逢い引きしているのがわかったら、侯爵やデュヴァルド伯爵は何と言うだろうな」

「でもクレマンス姫はヴィクトールさまが来てくれないって、とっくに怒ってるはずでしょう?」

首をかしげるマノン。

「そんなことは知らんが、とにかく今度ジャック・レナールと一緒に狩りに出るときは、必ずそれを聞こうと思ってるんだ」

「私だったら絶対我慢しないわ」マノンは頭をつんとそらしました。

「そのことは絶対ジャック・レナールに知らせるべきよ。第一フランソワーズにしたって、伯爵が彼女なんかと結婚するつもりがあるはずもないんだから、結局は不幸になるでしょうし」

「それはどうだかな。彼女のところの女中のマーゴットはそうは言っていなかったぜ」

「ええっ！　まさか伯爵がフランソワーズ・ティルーズと結婚するって言うんじゃないでしょうね」

マノンは驚きのあまり叫びました。

「でもマーゴットはそう言ってたよ」

「まさか！」叫んだマノンの顔は激情で真っ赤になりました。

「きっとあの魔法使いの伯父親子がヴィクトールさまを魔法にかけたんだわ！」

「それはたいして不思議とは思わんね」とピエール。

「俺はいつだってあのミカエル爺さんが、何やら怪しげなことを知り過ぎてると思ってたんだから」

マノンはそんなことを想像もしていなかったのに、折りから胸に燃えあがった嫉妬に駆られて、「そのとおりよ。口には出せないけれど、こっちにはもっとよく知っていることがあるんだから」とでも言うように、意味ありげに頷いて見せたのです。ただでさえ迷信深いピエールはそれを頭から信じこみ、大急ぎで狩人仲間にそのまま触れ歩きました。そしてまもなくジャック・レナールの耳にも、ヴィクトールがフランソワーズを愛しているという知らせが届いたのでした。しかも、ミカエル・ティルーズ父娘はおそらく普通の人間でないという、森番たちの信じそうないわくつきで。

その間モンモランシーのクレマンス姫も、日に日にヴィクトールの訪問が遠のくのに気づかないわけではありませんでした。今までにもそれほど縁談を熱心に進めようとする様子はなかったけれど、今ではもうそのふりさえしなくなっているのです。これほど怠け者の恋人など見たこともありません。もっともこれは親たちが勝手に決めた話で、若いふたりが愛情で選んだ相手ではなかったので、クレマンス姫は婚約者の無関心を苦痛に感じるというより、意外なだけでした。

しかし両家の親たちは無関心どころではありません。嫉妬に燃えたジャック・レナールからヴィクトールの怠慢な態度の原因を聞いたとき、彼らの憤慨はたいへんなものでした。モンモランシー家とデュヴァルド家の財産が合流するのは、両家にとってとても望ましいことだったのです。そこへ祖父の素性も知れぬような身分の低い医師の娘フランソワーズ・ティルーズが、百もの紋章を引き継いできた大家の跡継ぎ娘の代わりに入りこみ、誇り高いデュヴァルド一族に流れる血を汚すなど、とうてい許せないことでした。

まずヴィクトールが厳しいお咎《とが》めと叱責を受けましたが、なにしろ彼は身の破滅も恐れないほどの恋におちているのですから、なんの効果もありません。そうとあれば、何か別の方法を考えなくてはなりません。そのころは人びとの無知と迷信が最高潮に達していた時代で、血筋を誇る貴族が平民の権利を無視するのは当然とされており、目的さえ達せれば手段は選ばずだったのです。

またこうした地位の高い人びと自身も、本気で魔術を信じていたに違いありません。教養のあるなしにかかわらず、この時代には誰もがそうしたことを信じていたのです。しかも地位の低い者にまったく価値を認めない貴族たちにしてみれば、ヴィクトールがフランソワーズを敬愛するなどということは、とうてい常識では考えられないことだっただけに、なおさら最悪の疑いをかけて当然と思ったのでしょう。ですからジャックがミカエル父娘の妖術について森番たちのあいだに広まっている噂をちょっと漏らしただけで、貴族たちはすわとばかり飛びついたのでした。

ジャック自身が自分の申し立てを本気で信じていたのかどうかは判然としませんが、おそらく信じていなかったのではないでしょうか。だがこれで自分の恨みを晴らせたうえ役目も果たせた。単純な彼はもうそれ以上何も追求しようとはしませんでした。侯爵は重々しく頭を振り、このことは調べる必要がある、このような非常の場合だけに自分も最善の方法を考えるが、森番たちや周辺の住民にも言いつけて錬金術師の父娘の行動を注意して観察するように、そして必ずや父娘の悪事の証拠を摑むよう励むのだと威厳をもって申し渡しました。

いつの時代でも偉い人の希望や意見は全能の力をもつものですが、一六世紀にはその影響力は、現在などよりはるかに強かったのです。モンモランシー侯爵とデュヴァルド伯爵のミカエルとフランソワーズに対する嫌疑が知れわたるや否や、誰もがいっせいに彼らの非行に気づきはじめました。そしてあらゆる方面から数かずの証言が殺到したのです。

なかでもひとつ出所の知れない噂、おそらく偶然が重なって軽口まじりにささやかれた流言が野火のように広がり、一大センセーションを巻き起こしました。それによるとモンモランシー領の猟師たちは、ヴィクトールとフランソワーズが領地の辺境で一緒に散歩しているのをしばしば見かけるのだが、あるときふたりに近づいていくとフランソワーズが突然狼に姿を変えて逃げていったというのです。当時は狼や猫、ウサギに姿を変えるのは魔女たちの得意のトリックだと信じられており、なかでも田舎の人びとが最も恐れたのは狼人間でした。おまけにちょうどそのころ、一頭の大きなメス狼が奇蹟的に猟師の弾をのがれて逃げたという事件が起きたのですから大変です。たちまちそのメス狼こそが、姿を変えたフランソワーズに違いないということになってしまいました。

こうした嵐が渦巻きはじめているとき、パリで新しい情報を手に入れてきたミカエル老人は、ますます熱心に研究に没頭していました。いっぽう彼の娘は初恋に酔いしれ、迫ってくる危険に気づくどころではありません。ただし女中のマーゴットだけはその噂を聞くだけでなく、主人たちに対する偏見を肌で感じておりました。毎週ロック村に買い出しに出かけるたび、今まで親しかった人びとから冷たくあしらわれたり、親切な村人からあんな不道徳な術に入り浸っている主人たちとは、一刻も早く縁を切ったほうがいいと忠告されたりしたのです。けれどもフランソワーズが赤ん坊のときから乳母をつとめたマーゴットは、そんな噂を聞く耳も持ちませんでした。根も葉もない嘘だとわかっていたし、あの若い伯爵がお嬢さまと結婚さえすれば、そんな中傷などいずれ立ち消えとなるに違いない。不快な噂をわざわざ告げて一家の平和を乱し、若いカップルの恋に波を立てたくなかったのです。

いっぽう自分がこの騒ぎの原因になったのだと信じこんだピエール・ブルイは、自分も魔女狩りにひとかどの手柄をあげたいものと意気ごんでおりました。もしフランソワーズの有罪判決まで漕ぎつけることができれば、雇い主の覚えがめでたくなるうえ、マノンを喜ばせることもできる。彼はマノンがフランソワーズに敵意をもっている理由も知らず問いただす気もなかったけれど、敵意のあることだけは感づいており、不機嫌なマノンを喜ばすには、かっこうの犠牲だと信じたのです。おまけに彼は主人の良心はわが良心と信じきって、なんの呵責も感じていませんでした。ジャック・レナールがあれほど本気で魔女の噂を信じていたのです。それを見たピエールの迷信深い恐怖は、自分の利害の思惑とともにますます強まりました。そして彼はこの事件の解決に積極的に参加する覚悟を決めたのです。

とはいえピエールは狼を撃ち殺す気にはどうしてもなれませんでした。もし成功したとしても、死ぬのは狼ではなく本当は人間なのだと信じていたからです。ただしこのメス狼を罠にかけることができたら、気が咎めずにすむだけでなく、目的達成のよりよい解決になると考えました。そこで彼は領地のなかでも恋人たちが最もよく訪れる場所を選び、たっぷり餌をつけた罠を無数にしかけたのです。そして必ずそこに足をとられたフランソワーズが、人間か狼かどちらかの姿で見つかるものと毎日のように期待しておりました。その期待はしばらくのあいだ報われませんでしたが、ある日のこと罠のひとつに、フランソワーズでも狼でもなく、狼の前足だけが一本残されているのが見つかったのです。見たところ罠にかかった狼が逃がれようと必死でもがいたあげく、前足だけ残して逃げたのだと思われます。ピエールはその足をはずして持ち帰り、また罠に餌をしかけました。

それから一週間ほどたってからのこと。城の召使いのひとりがちょっと怪我をして、薬を買いにロック村の薬屋に行きました。するとそこに同じ目的でカヴァニスから来たマーゴットと顔を合わせたのです。彼女の話ではフランソワーズお嬢様が片手にひどい怪我をしたため、父の医師がそれを切断しなくてはならなかったと言うのです。ともかくティルーズ家の噂は何であれ、どこの家庭でも耳よりの話題になっていましたから、その召使いの男は今聞いたことをすぐに言いふらし、まもなくピエール・ブルイの耳にも達しました。

この知らせにびっくり仰天した猟師の顔はまず喜びで赤くなり、ついで恐怖で青くなりました。

「だとすると何もかもが本当だったのだ！　そして自分こそがその証拠を世に示す運命にある。あの罠にかかったのはやっぱりフランソワーズで、彼女は逃げるため片手を犠牲にしたのだ。彼女の魔力を離れたその手は、持ち主が人間に戻った後も狼のままの形で残ったのに違いない」

これこそ大発見と言うもの。ピエール・ブルイはその重大さに圧倒されて、まずクラクラする頭を静めるため、コニャックを一杯ひっかけなくてはならないありさまでした。それからやっとジャック・レナールに狼の前足を差し出し、この不思議な事件の一部始終を報告したのです。

ジャック自身にせよ、その主人の侯爵にせよ、この奇妙な話をどれだけ信じたかは、おそらく永遠にわかりますまい。確かなことはただひとつ。数時間後にはこの地方の役人がロック村の群衆をひきつれてカヴァニスに現れ、妖術の容疑でミカエル・ティルーズとその娘を捕縛したことです。なにしろふたりを告発したのは有力な権威者ですから、裁判とはほんの体裁だけ。一方が全面的に有利で片方はまったく無力なまま超スピードで進められ、助ける者もなく怯えきった哀れな医師父娘は、たちまち有罪と決まり、火あぶりの刑を申し渡されたのでした。もちろんふたりも必死で無実を訴えましたがそれも空しく、法廷に狼の片足が持ちだされ、フランソワーズが現に左手を失っている事実があげつらわれて、もはや疑いの余地もない証拠とされたのです。

それにしても彼女の恋人はそのあいだ、どこにいたのでしょう？　悲しいかなヴィクトールは、この事件のちょっと前父親の用とかいう口実で、パリにやられていたのでした。もちろん父伯爵の本心は、息子をカヴァニスから遠ざけておくことだったのです。

いっぽうマノンは自分の嫉妬と愚行のもたらした結果を見て、後悔に苛まれていました。噂の元は自分なのですから。しかし害を及ぼす力は強くても、救う力はありません。自分の愚かな舌先から出たことのために伯父と従姉が惨たらしい死に追いやられると聞いて、マノンは良心の呵責に苦しみましたが、何ができたでしょう？　いったいどこに助けを求めればよいのか、頼むはヴィクトール・デュヴァルドだけなのに、彼は遠くにいて手が届きません。彼女はもはや焼きもちなど焼いてはいませんでした。従姉の死刑でなく結婚式に出席する仕度《したく》なら、どんなに嬉しかったことか。

けれど当時は郵便制度もあまり普及していませんでしたし、普及していたとしても、マノンは手紙の書き方など知らなかったに違いありません。事実マノンは伯爵あてに手紙を書くこともできず、書いたところでそれを送るすべもなかったのです。でも彼女の唯一の頼みはヴィクトールしかありません。とうとうマノンはピエール・ブルイを呼びだし、パリに行って若い伯爵に、迫っている悲劇のことを知らせるよう頼んだのでした。

しかしこんな向こう見ずな仕事にピエールを説き伏せるのは容易なことではありませんでした。彼はモンモランシー家に背くのを恐れていたからです。けれどもマノンの決心は固く、万が一主人を失ったとしても、すぐべつの主人ができる、この仕事さえ引き受けてくれれば若い伯爵がピエールの無二の親友になってくれるはず、と持ちかけました。それでも彼を説き伏せるに十分でないとわかると、ついに勇敢にも友を救うため自分を犠牲にしようと決心したのです。

「ねえピエール、もしあなたが夜も昼も休まず大至急パリに行って、デュヴァルドさまに私の伯父と従姉がどんな危険に瀕しているか話してくれたら、あなたが帰るのを待ってお嫁さんになるわ」

この誘い水は効を奏し、ピエールはパリ行きを承諾しました。その気になったのはマノンのことだけでなく、有罪を宣告されたふたりについてひそかに考えを改めたからでもあったのです。

「じつはゆうべ栗の木の下でそのメス狼を見かけたんだ。ひどく足の不自由なやつで、簡単に撃ち殺せるぐらいだった。でもご主人夫妻が気を悪くされると思ったんで止めたんだ」

「あら、変ね。そのメス狼がなぜ私の従姉だなんて思えるの？　彼女はいま牢の中にいるのに」

「俺もジャック・レナールにそう言ったんだけどな、こっちに関係のないことに口を出すなと言われたんだ」

結局しまいには恋心と良心とが、主人への追従《ついしょう》にうち勝ち、陽が落ちるとすぐピエールはパリに向けて出発しました。

マノンはそわそわと、毎日ヴィクトールが帰ってくるまでの日を指折り数えて待ちました。そもそもパリまでの距離のことなど、彼女にはよくわかっていなかったので、三日も経つともうじりじりしはじめたのです。けれども陽はのぼり陽は沈み、時はどんどん過ぎるのにヴィクトールさまはいっこうに現れません。その間にも彼女の家の窓の前には、刑場の準備が日に日に進められていくのが見えるのでした。朝早くから露のおりる夕方まで、気が気でないマノンの耳には火刑の足場を作るトンカンという槌の音や、職人たちの話し声、それに興奮して集まってきた見物人のざわめきが、ひっきりなしに聞こえてくるのです。当時魔女や異端者の火あぶりは、いわば神も人も喜ばせる信仰の儀式のようなもので、ことにロックみたいに小さな村には稀にしかない壮大な見せ物なのですから無理もありません。

こうして時間はどんどん過ぎていくのに救いはいっこうに現れず、自分の罪を悔いるマノンにとって、情況はますます耐えがたくなってきました。

けれどマノンはただの情熱家というだけでなく、恐れを知らない大胆な娘でもあったのです。後者は言うなれば前者から生まれたもので、読者もご存じのとおり興奮すると正義や慈悲心も忘れたけれど、同時に身の危険も恐怖もまた忘れてしまうたちです。今の状況では彼女の良いほうの感情が勢いづき、自分の愚かな言動で危険にさらす結果になった従姉たちの命を救うため、自らの命を喜んで犠牲にしようと決心したのです。

「もし伯父さんと従姉のフランソワーズが死んでしまったら、私は二度とふたたび幸福にはなれないんだから、生きていたってしょうがない。それに約束してしまった以上ピエールと結婚しなくちゃならないし。一生惨めに生きているより、罪を償って死んだほうがよっぽどましだわ」

このマノンには戦争に行っているアレクシスという兄がおりました。今のこの窮地に兄がいてくれたらと、彼女は幾度願ったことでしょう。あの兄だったら妹のためにパリに行く使命を引き受けてくれたはずですし、それならピエールを説き伏せるため、あんな約束までしなくてもすんだはずです。昔アレクシスが家にいるとき王と領主たちのあいだに争いがおこり、このオーヴェルニュの農夫たちの家の近くが戦場になったりすると、マノンは夜の警備に立つ愛する兄のため危険をおかして、幾度となく食べ物を運んだものでした。その兄が非常時に備えて護身のため、銃で的を撃つことを教えてくれたのです。

マノンは今こそこの技を役に立てようと決心したのです。パリからの知らせは来ないまま、いよいよ明日は処刑という日の前夜、彼女は自分の計画を実行する手はずをすっかり整えました。その狼を撃ち殺して差しだすことによって、告訴が偽りであることを証明しようと考えたのです。意を決した彼女は仔ブタを一頭袋に詰めて肩にかつぎ、もう片方の手には兄の銃をもって、宵闇が迫るころ兄の服で変装し、勇敢にもただひとり、森に踏みこんでいきました。

目的の場所に着く前に月が昇るのを、マノンは計算に入れていました。ドキドキしながら広い空き地を横切って大きな森のなかの狭い小径を、ピエールが手負いの狼を見たという栗の木を目当てに辿っていきます。年老いたり怪我したりして獲物を殺す力のなくなった獣は、ずいぶん遠くからでも、食べ物の匂いに惹きつけられて来るものです。それを知っていたマノンは仔ブタの入った袋を一本の木の低い枝に吊るし、自分もその近くの木によじのぼりました。そして銃口をまっすぐ袋に向け、彫像のように動かず待つことにしたのです。

ここで私たちはしばらくマノンを残して、ロック村の牢獄を覗いて見なくてはなりません。敵意と迷信の犠牲となった不幸な父娘は、近づいてくる死を前に、いったいどうしているでしょうか？

哀れなミカエル・ティルーズとその娘は、それまでふたりを包んでいた喜ばしい夢から、突然むごい現実に引き戻されたのでした。老人はこのたびのパリ訪問で、最高の結果を期待していたのです。パリで会った錬金術師仲間の成功が、甚だしく誇張されていたのは事実で、アラスサーというそのイタリア人は賢者の石を発見したわけではなかった。でも成功すれすれまできていたのに、長いあいだただひとつの障害に阻まれていたのです。年老いた彼は心身両面にわたる絶え間ない苦労につくづく疲れ果てていました。たとえ発見できたところで、成功を楽しむ時間はもはや残っていません。そこで彼はミカエルに今までわかったことを洗いざらい教えるだけでなく、どうしても克服できなかった障害についても打ち明けることに同意したのです。

この貴重な賢者の石は、それを手に入れた幸運な人に無限の富だけでなく永遠の若さをも保証するのだ、とアラスサーは言いました。けれどもそれは完璧で純粋無垢の処女の助けなしには手に入れることができない、しかもその処女は告げられた秘密を決して人にもらさず、絶対に守りとおすことのできる女性でなくてはならない、と言うのです。

「だがな」とイタリア人はミカエルに言いました。

「処女ならいくらでもいるが、わしはどうしても最後の条件を満たすことができなかった。彼女たちはわしの言うことを必ず友だちや恋人に打ち明けてしまうからな。だから成功はすぐそこまで来ているのに、すべてがここでご破算になってしまうのじゃ」

これを聞いたミカエルは小躍りしました。純粋無垢の美しい彼の娘フランソワーズこそは、日々見てきたとおり秘密を守ることのできる処女だからです。ミカエルは今少しのあいだ生き続けてほしいとこの老人を励ましました。そうすれば貴重な教えのお礼に、長年の念願だったその宝を手に必ず戻ってきて、彼に健康と潑剌たる青春を取り戻してさしあげようと誓ったのです。かくてミカエル老人は喜び勇んでカヴァニスに戻り、さっそく教えられた作業に取りかかったのでした。

ミカエルのこの喜びは、娘フランソワーズの怪我がひどく、ついには手を切断しなくてはならなくなったとき、苦い悲しみに変わりました。愛娘が手を失っただけでなく、成功への望みも、今や永遠に失われたのです。手の切断によって、彼女は「完璧な処女」という賢者の石のための条件を満たせなくなったのでした。

そのうえ奇妙ないきがかりで娘が嫌疑をかけられ、あれほど明るく無邪気だった彼女と共に地下牢へと引かれていくとは、彼の絶望はどんなに大きかったことでしょう。

研究に没頭するばかりで地位も財産もない医師の不憫な娘。友と言ってはマノンしかいなかったのに、そのマノンが彼らを最も憎んでいる敵だということを聞かされたのです。

判決から処刑までの毎日がどんなに暗くのろのろと、しかもはかなく過ぎ去っていったことか。それにしてもヴィクトールはいったいどこにいるのでしょう？　あの永遠の誠と愛の誓いはどうなったのでしょうか？　もうすべて忘れられてしまったのだとフランソワーズは思いました。彼がデュヴァルド城にいないとは思いもよらなかったため、自分の窮状にも知らん顔なのだとばかり思いこんでいたのです。

もう世のすべてから見捨てられたと思いこんだ哀れな父と娘は、涙ながらに祈り、互いを励まし合って刑を待つ日々を過ごしたのでした。そしていよいよ明日は処刑という日の夜、ミカエル老人は一睡もできずにいましたが、フランソワーズは夜明け前、うとうととまどろんで夢を見たのです。それは彼女の結婚式の日で、村人たちの歓声とともに愛するヴィクトールが、彼女を祭壇へと導いていくところでした。その歓声で彼女は目を覚ましたのです。そしてまだ唇に喜びの微笑を浮かべたまま、父のほうを見ました。しかし父は彼女が目を覚ましたあの同じ歓声を聞いて、苦悩に耐えられず床にうち伏していました。歓声は夢ではなく現実のものだったのです。近隣の村や地方からこの見せ物を見ようと集まってきた群衆の声は、厚い牢獄の壁をとおして囚人たちの耳や心にも届いたのです。老いた父がフランソワーズの足下に身を投げて祝福と許しを乞う言葉を呟いたとき、彼女は自分の惨めさをほとんど忘れていました。そして刑吏たちが引っ立てにくると父を励まし、老いと悲しみでよろめく弱々しい父の体を支えて刑場へと進んでいったのです。

こんなに住人の少ない近隣の村々から、これだけ大勢の人びとがミカエル・ティルーズと娘の死を見物するためロック村に集まってくるとは、誰ひとり想像すらしていなかったことです。広場には見物人のために足場が設けられ、地主階級のために絨毯や花輪で飾られています。その席に勢揃いしたデュヴァルド家とモンモランシー家の一族のなかに、クレマンス姫の姿は見えませんでした。ただし彼女に年齢以上の分別があったわけではなく、恋敵フランソワーズが言い渡された罪状は疑いもしませんでしたが、死刑を見物する気にはなれなかったのです。刑場の真ん中には薪の束があり、そのそばには死刑執行の助手と黒や灰色の衣をまとった教会の司祭や修道士たちが立っていました。

囚人父娘は先頭に裁判長、最後尾に主任死刑執行人を従えた行列に付き添われ、見物がひとり残らず満足するよう、まず広場を何周か歩かされたあげく、薪の束の前に引き据えられました。そして満艦飾の法衣をまとったこの地方の司教が、このような苦痛に満ちた死に向かう不幸な罪人たちの魂のために、ミサを始めたのです。ついで司教は彼らの大罪について長々と大演説をおこない、告解と懺悔とを熱心に勧めたのでした。

これで処刑前の儀式は終わり、ついで裁判長が、憎むべき悪魔の術を弄した罪により、ミカエルおよびフランソワーズ・ティルーズを火刑に処すという判決を読みあげました。ことにこのフランソワーズなる娘が、父および自らの妖術によってヴィクトール・デュヴァルド伯爵を魔法でたぶらかし、時おり自らを狼の姿に変え、罠にかかって手を失った、うんぬん……。罪状の朗読が済むと罪人たちは死刑執行人に引き渡され、まず手足を縛られました。

すると父親はひざまずいて人びとに向かい、どうか私ひとりだけを死なせてくれ、娘は許してやってほしいと嘆願したのです。群衆のなかには心を動かされた者もいましたが、貴族の座っているあたりから権威ある声が刑の執行を命じたので、老人とうら若い娘とは薪の束のうえに据えられ、執行人の助手たちが手に手に松明をもって、いよいよ火を移そうと近寄っていきました。

そのときです。遠くのほうから呟きが湧き起こり、やがてざわめきとなって、群衆が波のように左右に揺れ動きはじめたのです。

ついで

「道を開けろ、道を開けろ！　道を開けてこの娘を通してやれ！」

という叫びがあがり、群衆が割れて道ができました。その開いたところを髪も服も乱れ血に染まったマノン・ティエリーが、死んだ狼を引きずってよろよろと進んできたではありませんか。通ったあとは群衆がまた押し寄せてふさがりましたが、彼女が広場の真ん中に立つのを見て、しんと静まり返りました。マノンはしばらくそのまま周りを見回していましたが、権威ある高官の席に目がとまるとそちらに向かってひざまずき、口をきこうとしたのです。でも激情のあまり声も出ず、ただ狼の死体を指さして、慈悲を乞う哀願を目に浮かべるばかり。その顔には心のなかの苦悩と、たった今体験してきた危険と恐怖がくっきりと刻まれておりました。

マノンの無言の上訴は理解され、群衆の声はしだいに大きくなっていきました。あれほど火刑の見せ物を待ち望んでいた人びとの心は、この若い娘の勇気に打たれ、今度は罪人のために嘆願の声をあげはじめたのです。

「赦免を、赦免を」

と叫びがおこり、囚人たちの心に一瞬希望の火を灯しました。けれども大衆の声がモンモランシー侯一族の勢力に勝てるわけがありません。貴族たちは譲らず、

「黙れ」

という厳しい声とともに処刑を命じたのです。そこでまた松明をもった助手たちが薪の束に近づきました。それを見たマノンは、悲嘆と恐怖と出血多量のため気を失い、ばったりとうつむけに倒れてしまいました。

そのときです、ふたたび遠くから音が聞こえてきたのは。一同はまたしんと静まり、じっとそのほうに耳を傾けました。それは跳ね橋を渡って疾走してくる馬の蹄の音です。その音が近づいてくるにつれ、群衆はまた嵐にもてあそばれる荒波のように揺れはじめました。そしてそのなかに開かれた道を、体中泡だらけになった馬が駈けてくるのが見えました。すると群衆のなかから
「万歳！　万歳！」

と何千もの叫びが、爆発したのです。その喝采で空気はびりびり震えました。馬の背にまたがっているのは、まがいもなくヴィクトール・デュヴァルドその人、手には処刑の中止を命じる王の令状を高

くかかげていました。

ピエール・ブルイは立派に役目を果たしたのです。そして愛に燃える若い伯爵の祈りと嘆願に心を動かされた勇敢な王アンリ四世が、さらなる取り調べを行うまでの執行猶予の緊急命令を彼に与えたのでした。

なにしろそのころの王は絶大な権力を握っていたものです。アンリ王がこの恋人たちの味方についたと知れたとたん、ミカエルとその娘は無害であると皆に認められることになりました。本体のない狼の手がふたりの罪の証拠となりましたが、今度は手のない狼が父娘の無罪の十分な証拠になったのです。

これほど極端な急変を見ると、人間の感情とはまったく奇妙なものです。こうしてミカエル父娘は幸せにも刑を逃れ、王の承認と保護のもとに若いカップルはめでたく結婚しました。ここでミカエル父娘が告発された証拠よりもっと些細な証拠のもとに、どんなに多くの人びとが火刑に処せられたかを、改めて読者や妖術史家に思い出していただくまでもありますまい。

モンモランシー家の跡継ぎ、クレマンス姫は、ヴィクトールを失ったことについては、淡々としたものでした。デュヴァルド伯爵と結婚するのは嫌ではなかったけれど、彼は恋人としてはあまりに冷淡だったので心に触れるものもなく、残念な気持も起こらなかったのです。

いっぽう自らのあやまちの犠牲になったのは、哀れなマノンでした。狼に立ち向かってどんな闘いをしたのかは、彼女が失神して倒れたまま回復しなかったので、その口から聞くことはできず、結局知ることはできないでしょう。

けれど彼女はたったひとりでこのどう猛な動物を打ち負かし、ひとりで森と村を通り抜けて獲物を引きずってきたのです。マノン自身も引き裂かれて傷だらけでした。そして狼が殺されたとおぼしき場所には、彼女の銃とナイフが落ちており、地面にはおびただしい血が溜まっていてそのなかに彼女の服の切れ端が落ちていたのです。

自分の冒険について語ることはできなかったものの、マノンは自分の努力が幸福な実を結んだことはわかっていました。そして伯父と従姉の心からの許しと感謝を受けてから死んでいったのです。伯父ミカエルもまもなく彼女の後を追いました。

ところで若い娘が手を失ったということは、何を意味しているのでしょうか？　どうやらそれはイタリア人の言う最後の条件を満たす困難、つまり錬金術に携わる者が必ず直面する真の障害を指していることは確かのようです。もし女性が沈黙を守ることさえできれば、賢者の石が発見される望みもあり、それ以後地球上から皺や貧困が永遠に消えてなくなるはずなのです。

この奇妙な事件のあと、デュヴァルド城の鉄門がすっかり崩れ落ちるほどの長い年月がたったのちも、石に彫られた片手のない狼の姿は、その下に記された「永遠の記憶のために」という碑文とともに、いまだに見る人の心に残ることでしょう。

総説

狼女
私たちの心の物語

ウェルズ恵子

一――狼女の森

狼と人間の女の姿を行き来する者がフィクションに登場したのは、一九世紀であると思われます。それ以前にも狼と女性の属性をもつ生きものは民話のなかに存在しますが、人びとが個人の意識を発達させ、小説という新しい文学のジャンルが広く享受されるようになって、狼女は生まれました。

狼女は、人狼伝説からの派生です。人狼とは、狼の肉体を持ちながら人の心を持つ生きもののことで、ヨーロッパ語圏を中心に世界中に存在する神話・伝説・民間信仰の重要モチーフです。バリエーションはさまざまで、狼と人間の肉体を変身によって行き来するという言い伝えもありますし、人の姿でありながら狼のような勇猛さを備えている者を人狼とみなす文化もありました。変身先を狼と限定せず「人獣」の伝説や民話に視野を広げると、さらに大きな影響を観察できます。

古代ヨーロッパの人狼伝説は男性を当事者とし、英雄伝説の側面も持ち合わせていましたが、キリスト教が盛んになるとこれらは異教の迷信として退けられました。それでも、人が狼になるという超自然の現象に対する信仰や畏怖は、根深く民衆のなかに生き残ったようです。一五世紀末から一七世紀にかけて人狼にまつわる迷信が魔女論と融合し、狼や猫に変身する女性の存在が大衆レベルでリアリティを持ちます。魔女裁判では、男女を問わず数多くの「人狼」が処刑されました。人狼は人間の皮膚の内側に獣の毛が生えているとも信じられていたため、人狼の疑いが持たれた場合に生皮をはいで白黒をつけたこともあったといわれています[★1]。

このように、古代・中世の人びとが信じたり語ったりした人狼は、架空ではなく現実の脅威でした。その後、近代科学の発達に伴い、人狼はその存在を疑われるようになりますが、民間では中世以来の言い伝えや信仰が変質しながらも伝承されていました。一八世紀後半になると、口承の民話や民謡を聞き取って記録する動きが盛んになり、さらに、再話による新たな文学の創造や民謡に影響されたクラシック音楽の作曲などが行われるようになります。こうした動きのなかで、一九世紀に発達した文学ジャンルとしての小説《フィクション》では、人狼は非現実な存在として立ち現れます。近代科学では突き止めようのない〈異類へ変身する女〉は、フィクションであるうえに人間でさえないという隠れ蓑を着て、物語中で男を誘惑したり人肉を食べたりしても、不道徳のそしりを免れやすかったと思われます。こうして、獣と人間を行き来する狼女の物語は、性的な深層心理を刺激するひとつの幻想的物語群を形成しました。このアンソロジーでは、そのジャンルを「狼女物語」と名づけています。

狼女物語では、女性が受けているさまざまなレベルでの抑圧が、狼女への変身や男性と子どもを食い殺すという、衝撃的でエロチックな暴力表現として解放されるのが特色です。ギリシア神話に由来する人狼伝説では人が獣に変身させられるのですが、小説における狼女の場合は、その本性はむしろ獣で、彼女の野性が人間の秩序を乱し生命を脅かします。そして注目したいのは、狼女はとても美しく狼男のようには醜くないことです。彼女は一度見定めた人間を惹きつけて、死ぬまで離さない魔性の魅力を持ちます。この魅力をたんに黒魔術と片づけずに、人間存在の非合理性に根差すものとして解釈するとき、狼女物語は私たち自身の心の物語として、また社会の沈黙から聞こえる影の声として、新たな意味を持つのです。

二――追放と帰還

✣禁忌を犯した者たち

狼女は、狼でもなく女でもなく、なぜ〈狼女〉なのか。人間でありながら野性の衝動にしたがって行動したり、獣の姿でありながら人間の感情で誰かを愛してしまうといった二重のアイデンティティを持つ状態は、古代から不幸と受け止められ、呪いの結果とみなされていたようです。〈ダブル〉であることの苦悩こそは人狼伝説の核であり、狼女物語の共通したテーマとなっています。この苦悩、あるいは呪いと、人狼が社会の規範を犯す存在だということが関連しています。

人狼伝説の最も大事な物語は、オウィディウスの『変身物語』が明らかにするアルカディア王リュカオーンの神話でしょう。リュカオーンはゼウスが神か人かを試すため、客として訪れたゼウスの殺害を試みましたが不死の神を殺すことはもちろんかなわず、次には料理した人肉を、それとは告げずに食卓に饗《きょう》しました。ゼウスは激しく怒り、驚き恐れて荒野へ逃げたリュカオーンを狼に変えてしまったのでした。[★2]

❖狼に変身させられたリュカオーン

この神話から理解できるように、人狼は禁忌を犯して神に呪われた人間です。リュカオーンの罪は、神との境界を軽んじた傲慢と人間を食べるという反秩序的な行いにあります。これらの罪の罰として、彼は人間の言葉を失い狼の肉体のなかに閉じこめられて、孤独に苦しむことになりました。人狼は境界を犯したために〈呪われた〉〈罪深い〉〈孤独な〉存在なのです。

それにしても、変身の対象としてなぜ狼が好んで選ばれたのでしょうか。人狼伝説について古今の文献を渉猟したセイバイン・ベアリング＝グールドは、古代に「狼憑き」「犬憑き」「牛憑き」などが信じられていたと指摘しています。[★3]これら動物憑きの話のなかで狼だけが現代まで特別な地位を保ってきたわけは、狼が人里近くに生きる動物であったことと、西ヨーロッパでは近世までに狼が徹底的に殺され絶滅しかけ、幻の野生動物となってしまったことが理由として挙げられます。近くにいたのに消えてしまった猛獣は、人の想像力をかきたてました。

もうひとつの大事な理由は、リュカオーンとゼウスの神話にも読みとれることですが、狼は人間に近い能力を持つ動物であると認識されていたことです。狼は野獣のなかでも知性と社会性に優れ、人間の赤ん坊を養育した事例も複数報告されています。古代から人びとは、ずば抜けて強く頭の良い一部の狼に人間の魂を見るかのような、特別な畏怖を感じていたものと思われます。人狼伝説が英雄譚とも接触するのはこの理由によるのでしょう。アーサー王伝説にある人狼譚『アーサー王とゴーラゴン王』や『イワン王子と火の鳥』として知られるロシア民話に登場する人狼は、忠実で優秀な家臣の働きをします。

❖呪いからの帰還

ところで、狼女の系譜には人狼伝説にはない別の神話の流れが合流しています。アプレイウスの『黄金のロバ』にあるエロス（キューピッド）とプシュケの物語です。この神話は、狼女物語に限らず西欧のほとんどの物語において、男女関係にかかわる物語構築

H・ホルツィウス「狼に変身させられたリュカオーン」（1589）

に大きく影響しています。

プシュケは並はずれて美しい人間の少女で、美の女神ヴィーナスは彼女に嫉妬します。ヴィーナスは息子のエロスに命じて、プシュケを不幸にする策を弄します。すなわち、最も醜く貧しくおぞましい生きものに彼女が恋してしまうよういたずらするというものでした。エロスの矢で傷ついた者は、傷ついて最初に目にしたものを情熱的に恋する運命に落ちます。エロスはこの矢で多くの人びとの人生を狂わせてきた、いたずらな若者です。ヴィーナスの作戦が成功すれば、プシュケは獣への恋に縛られるはずでした。ところが、エロスはヴィーナスの言いつけを守るどころか、プシュケに自ら熱烈な恋をしてしまいます。

いっぽう、プシュケはあまりの美しさが災いして結婚相手が見つかりません。末娘を心配した父親が神託を仰ぐと、彼女は人とは結ばれない運命で、大蛇に捧げられねばならないと告げられます。死を覚悟して生贄になったプシュケでしたが、運ばれた先はすばらしい御殿でした。彼女は昼間ひとりで過ごし、夜になると真っ暗闇にだけ現れる優しい夫と寝床を共にします。この結婚には、夫の姿を見てはいけないという禁忌があったのです。プシュケはやがて神の子を身ごもります。そのプシュケを彼女の姉ふたりが嫉妬して、姿の見えない夫への不安を吹きこんだために、彼女はある晩、寝入った夫の顔をランプで照らして見てしまいました。プシュケは、自分の夫が醜い怪物などではなく、この世ならぬ美しさに輝くエロスであると知ったうえに、彼の矢を触ったはずみに自らを傷つけてしまい、初めて恋に落ちます。

恋に目覚めたプシュケは、誓いを破っているにもかかわらず、眠る夫の美しい姿から目を離すことができません。ベッドのうえの夫に覆いかぶさって、自ら接吻を求めます。自由な発露を禁じられたせつない性愛の様子を、ロバート・ブリッジズ(1844–1930)は次のように詩にしました。

彼女は寝台へまっすぐに走り寄り、
彼の頬に接吻した。もっと、もっと。
そのとき、ああ、ランプがバランスを失い、
燃えた油がたらりと、一滴
眠るエロスの裸の肩を焼いた。★4

エロスは痛みに目覚めて妻の裏切りを知り、ひどい火傷を負って母ヴィーナスのもとへ帰ってしまうのです。夫の姿を見てはいけないという、神に命じられたタブーを犯したプシュケは、一気に地に落ちます。しかし彼女は、このとき初めて自らの意志で行動しはじめます。自分を惑わせた姉ふたりを破滅に導き、身重ながらエロスを探す旅に出て、激怒しているヴィーナスに許しを請いにいきます。ヴィーナスは悪意に満ちた言葉を彼女に投げつけたうえ、人間には解決不可能な試練を言いつけますが、プシュケは蟻と葦と鷲の助けにより困難を三度とも克服して、ついにエロスとの再会を果たすのです。試練の内容は、①種々の穀物が混ざっているのを一晩で種分けすること、②獰猛な黄金の羊の毛を集めること、③黄泉の国の川から水を汲んでくること、の三つでした。

さて、プシュケと狼女はどう関連しているのでしょう。彼女は人並み外れた美しさゆえに普通の娘には起こりえない面倒な事態に巻きこまれ、ヴィーナスに呪われる身となりました。彼女の美しさがヴィーナスの嫉妬をかい、エロスとの困難な出会いを用意したのです。さらに、姉たちの嫉妬に影響されて禁忌を犯し夫の姿をのぞき見てしまったために、罪を負いました。すなわち彼女の呪いは、〈美しい〉〈異性の情欲をかきたてる〉〈他人に嫉妬をおこさせる〉ことに原因します。

この結果、彼女はヴィーナスから言いつけられた試練を三度通過しなければなりません。リュカオーンのように狼に変えられ野に放逐されたわけではありませんが、言いつけられた試練の内容はすべて、計り知れない自然の脅威に立ち向かわねばならない類のものであり、生きながら死の国へ旅するものでした。つまり、彼女は罪を負うとともに自然のなかへひとりで放りだされたのです。ところが幸いにも、蟻（地に属するもの）、葦（水に属するもの）、鷲（空に属するもの）といった自然の住人たちが彼女を助け、プシュケは試練を乗り越えます。プシュケに代表される〈女性〉が、男性よりも自然に近い、親しいとみなされていた所以です。

それでも、プシュケが自然のなかで破滅せず帰還を果たせたのは、神であるエロスに愛されていたからでした。しかし、普通の人間の女は情欲という〈自然〉に押しだされたら、とてもその深い森から出てこられないのだと、民衆は感じていたのでしょう。生きて出てこられるとしたらあの〈狼〉のようなものになっているに違いない、と。美しく強靭なメス狼は、セクシュアリティと復讐の表象にピッタリでした。禁忌を犯したために課せられた過酷な試練を生き延びるほどたくましい存在なら、試練を課した者への復讐を選ぶだろうと考えられても不思議ではありません。

❖「野生の女」を分離する

中世までに社会を動かす力を持つようになったキリスト教は、人間と自然、善と悪、天国と地獄の二元的な世界観を浸透させ、神の栄光を称えるとともに悪魔の恐怖もあおるという現象をもたらします。自然の恵みに通じ薬草を利用できたり出産を介助したりする女性たちは、民話のなかでしばしば魔女と同一視されます。現実にあった魔女裁判と残酷な処刑については多くの研究があり、★5 ここで言及するのは避けますが、教会の示す規範から外れ社会に不安を与える人びとが、男女を問わず人狼として処刑されました。一五四二年には、コンス

タンチノープルで一度に一五〇人の人狼が粛清されたという記録があるほどです。[★6]

魔女裁判における異常な熱が冷めても、文明の秩序の枠に安住しない女性に対する警戒心は解かれることがなく、「野生の女《ワイルドウーマン》」という元型的な女性像が確立していきます。どのような人であれ、一部分は野性的で一部分は文明に順応した性格を持ち合わせているはずなのに、野性の部分だけを分離して善なる女性の対立項に立てたわけです。

娯楽性の高い文学では、女性の人格のうち身体性や感情に類する部分が狼女として登場します。彼女は肉感的であり、一途な感情を秘め、大いなる飢えに苦しんでいます。物語上は、人間の肉を食べたいという〈飢え〉でありますが、姦計をめぐらし機会をうかがって獲物をとらえようとする青白い情熱に、読者は食欲以上の根源的な飢えを感じて思わず身を引きます。そして彼女が狼の姿をとるとき、彼女は際立って美しく強く攻撃的です。人肉よりは、生命の証である血に惹かれているように思えます。心臓《ハート》だけを狙う狼女もいます。そこには、もうひとりの人間を自らに取りこむことで癒されようとする、底なしの孤独があります。

狼女物語では、女性は〈恐怖される女＝狼女〉と〈恐怖する女＝淑女〉とに分裂し、男性は〈恐怖される女〉に惹かれつつ、〈恐怖する女〉を守る社会的地位を捨てないという二重の関係を受け入れざるをえません。狼女は、人間と自然や女性と男性を分離して理解した結果生じた人の心の裂け目の具現化であり、〈痛みの存在〉でもあったのです。

❖追放されたものへのひそかな共感――赤ずきん

ゼウスとリュカオーンの神話ができたときから、孤独は重い罰でした。かつて重罪人は地下牢に閉じこめられ、現在でも死刑囚は独房に入れられます。深い孤独は人のアイデンティティを破壊し、人格もろとも変質させる怪力を持ちます。なんらかの呪いを受けて狼になってしまう人間は、言語によるコミュニケーションを断たれているばかりでなく、嫌われ恐れられて森へ追放されます。こうして疎外された者に対し、共同体の人びとが徹底的に冷たく残忍だったかというと、必ずしもそうではありません。歌や民話のように声で継承され形を残さずにきた文化のなかには、弱者へのひそかな共感が滲みでています。追放や孤独への恐怖は、誰にも身近なものだったからです。

これを裏づける民話として、『赤ずきん』を例に挙げてみます。一七世紀末に出版され一八世紀から英語訳でも広く親しまれたペローの再話では、女の子は狼に食べられてしまいます。母の言いつけを聞かずに森で狼と話をした教訓として。一九世紀初頭に発表されたグリムの赤ずきんは私たちがよく知っている展開で、狼にのまれた少女とお祖母さんがきこりに助けられます。このふたつの赤ずきん物語は、結末こそ異なるようですが女の子が狼にかかわったという罪を許すものではありません。なぜなら、彼女は自力で事態を打開できなかったのですから。そしてこの結末には、民話を文字で再話したペローやグリム兄弟の女性に対する価値判断が反映されています。

いっぽう、民衆の口を通じて展開してきた赤ずきん物語の原型『おばあさんの話』では、少女は赤い被り物を身につけてもいないし、狼に食べられもしません。★7 しかも彼女の窮地は、ペローやグリムの再話より深刻でした。森で狼に話しかけられある種の親交を結び、おばあさんの家に着くまではよかったのですが、そこでおばあさんのふりをした狼にだまされて、先に狼が噛み殺したおばあさんの血を飲み肉を食べてしまいます。民話では、森で少女にかかわったのは人狼だと理解されていました。つまり、彼女は人狼の仲間入りをする食人の儀式を通過しているのです。

では少女が吸血鬼まがいの狼女になったかというと、民話の語り手たちはそのような話をまったく作りませんでした。狼は少女をだまして衣服を全部脱ぐよう促し、寝床に誘いこみます。つぶさに狼の様子を観察する機会を得て、少女は自分のおかれた危機的状況をやっと理解しました。そして彼女は、「おしっこがしたい」と訴えます。狼はしぶしぶそれを許し、逃げたらすぐにわかるようにと彼女に紐を結びつけて野外便所へ行かせます。ところが少女は、その紐を身から解いて木に結びつけ逃げてしまうのです。もちろん!

民話の赤ずきんのこの展開は、民衆のバランスのとれた現実感覚と少女への共感および実際的な教訓を含んでいます。少女はどうしても、セクシュアリティにかかわる危機に出会わなければなりません。それは、自らの祖母を食してしまうほどの深い罠となって彼女に襲いかかります。それでも、機会をとらえ考えをめぐらす知恵と、裸で夜の森を抜けてひとり逃げ切るほどの勇気を持っていれば助かる、大人の女になれる、と民話は教えているのです。少女は自分の祖母を食して、世代交替を果たしたのでした。

森から逃げ帰った民話の少女は、狼女として憎しみの目で迎えられたはずはありません。しかし、ペローやグリムの文学再話の時代を経、一九世紀に小説の時代がやってきたとき、おばあさんの血肉を食した少女は例外なく、狼女すなわちワイルドウーマンとして周縁化されたまま人里に現れることになります。自分と他人を明確に分ける近代的自我の発達が、森という曖昧な空間を裸で駆け抜ける少女——大人でも子どもでもない境界域の人間——を、容認しにくくしてしまいました。そのいっぽうで、そしてここからが注目すべきことなのですが、私たちの心身の奥には、狼のいる森から帰還したこの若い女に目を見張り、胸を熱くする何かが脈々と生きているようなのです。

野性を隠さない女にあこがれる気持がおおらかに表現されるようになるのは、二〇世紀も終わり近くになってからです。日本で生活したこともあるアンジェラ・カーター(1940-1992)は、「狼たちとともに」と「狼アリス」というふたつの魅力的な短編[★8](1972)で、狼男を愛し慰める力を持った狼女を描きました。どちらの作品でも、既存の価値観に支配されず自分の身体感覚に素直な少女が、人肉を食する異形の男性を見つめ、無垢な心に嫌悪のひとかけらも感じずに、彼に自分を開いていきます。口承の赤ずきんを再創作した「狼たちとともに」では、主人公の少女は自ら野生の男の服をひきはがし、彼の前肢に抱かれて幸せなクリスマスの夜を迎えます。いっぽう、狼に育てられた娘アリスは、人狼である侯爵の傷ついた顔から血をなめとって彼を癒し、本来の姿を浮かびあがらせます。カーターの描いた狼女は、獣の匂いといつくしみに満ちています。

三――セクシュアリティの復讐

✣沈黙を期待されている感情

私たちの感情には、他人と共有するように期待される感情と、隠しておくことを期待される感情とがあります。単純に言って、幸福や喜びは他人と分かち合うほうがよく、憎しみや欲望は黙して語らないほうが人間関係を楽に維持することができます。感情ばかりでなく、ある種の話題も沈黙を期待されています。そのような暗黙のルールは、種の保存を旨とする哺乳動物としての私たちの性質の一部を抑圧します。個人のセクシュアリティに関することは、人間社会において最も沈黙を期待される話題です。

前項で言及した人狼と少女の民話（赤ずきん物語の原型）では、男性と少女のセクシュアリティのずれや社会的規範の枠組などが問題にされているわけですが、民話の語り手はそのことズバリを言葉にしたりはしません。また、逃げる少女に「頑張れ、応援している」とも言いません。どれも明言してはならないことだからです。しかし物語は、筋の展開や細部の描写によって、沈黙させられているセクシュアリティの存在を解放します。少女が自らの判断の誤りによって狼の寝床でほとんど命を失いかける展開は、彼女の秘めた欲望を証明していますし、狼から逃げおおせた結末も、欲望そのものを否定せずに社会的に受け入れ可能なセクシュアリティがあるのだと示唆しています。

森から狼の姿で現れ人を食う狼女たちは、追放され隠遁させられたまま二度と招かれなかった欲望の化身ともいえます。彼女たちは謂われなく呪われたかのように憎しみと復讐への情熱に憑かれ、男や子どもを餌食にしようとします。男は彼女を狼として森に追いやった抑圧者の代表として攻撃され、子どもたちは、（食して美味しいということもありますし）社会的に容認された性の営みから誕生した者として餌食になります。パートナーもなく不毛の縁へ追いやられた狼女が子どもを憎むのは、容易に理解できる話です。そして彼女の暗い血は、沈黙させられている欲望に敏感なひとりの男の血と共鳴し、彼の命をもてあそびながら合一と破滅へ向かって迸《ほとばし》るのです。

✣人狼伝説とセクシュアリティ

人狼伝説は、古くから性的嗜好《セクシュアリティ》の問題と深く関連しています。まず、古代の伝説に現れる人狼は、意外なほど女性に執着しません。たとえば、アーサー王伝説のひとつ『アーサー王とゴーラゴン王』★9を見てみます。

この逸話の主人公たるある高潔な王は、自身の生誕にまつわる宿命の秘密によって王妃とのあいだに距離を作っていました。この王のすばらしい庭には、王の誕生と同じ時に芽を吹いた若木があり、その枝を切り取って細いほうで王の頭をたたきながら「狼になれ、狼の知恵と心をもて」と言うと、彼は狼になってしまうというのです。王はこの秘密を他人に知られることを恐れ、庭から他人を遠ざけ自分は食事もおろそかにして若木の見張りを続けます。日に何度もどこへ姿を消すのだろうと、夫の行動を不審に思った王妃は、甘言を尽くして彼の秘密を聞きだしました。そして王妃は、かねてから彼女に思いを寄せていた若者とはかり、若木の枝で王の頭をたたき狼に変えてしまうのですが、このとき呪文を言い間違えて「狼になれ、人間の知恵と心をもて」と言ってしまいます。そして彼が人間に戻れないように、衣服を隠しました。こうして王は、狼の肉体に人間の心を閉じこめた人狼となって野を彷徨《さまよ》うことになりました。

王が行方不明になった後、王妃は若者と結婚し王国はふたりのものになりました。いっぽう人狼となった王は、野でメス狼と夫婦になり、二匹の仔をもうけます。その後いくつかの展開がありますが、最後は人狼が別の王国の有力な王と狩猟場で出会い、この王の助けを借りてかつての妻とその夫に復讐し、取り戻した衣服をつけて人間に戻りふたたび自らの国の王となるのです。

この話では、王妃の不実やずる賢さが人狼になってしまう王の高潔さと不運とに比較されて印象深いのですが、女性の側から考えると王妃もまた不運な人だったと思わざるを得ません。夫の王はひんぱんに若木の見張りに出かけ、妻を顧みないのです。晩餐を共にしないのは高貴な身分の人としては礼を欠く異常さですし、妻を近寄らせない庭で夜も過ごしていたことが示唆されており、「気を許した庭師のみ庭に入ることができた」と物語にはあります。王妃が王の行動を疑い、彼女に思いを寄せる若者に気持を傾けたことには、同情すべき点があるのです。つまり、この王の生誕にまつわる不幸な宿命とは、彼のセクシュアリティに関する特異性ではないかと思われます。もちろん、沈黙のルールに従って物語はこの点を明言せず、若木のエピソードにすり替えていますが、彼が狼に変身させられ森のなかでメス狼を妻として初めて子どもができたことを考慮すれば、物語の発端に王と妃の性的不一致があったことは明白でしょう。

また、王から変身した人狼が狩猟場で出会った隣国の王から勝ち得た厚い信頼に、同性愛の関係を洞察するのは容易です。次の引用文に見られるように、彼らの信頼関係は身体の接触をとおしてほとんど直感的に結ばれています。

翌朝、狩人と家来たちは相当数の猟犬を連れ、角笛を鳴り響かせ大声をあげながら森に入っていった。王はその後を腹心の友ふたりとゆっくり進んでいた。狼は道の脇に身を隠し、家来たちが通り過ぎた後、容貌から王を見分け、顔を伏せて素早く王に近づいていく。前肢を王の右足にからませ、声を出し、許しを請うように優しくなめようとした。と、王をお守りしている従者ふたりが、見たことのない大きさの狼を見て叫び声をあげた。

「王様、この狼です。これが追跡中の狼です。襲われないうちに早く殺してしまわなければ」

狼はこの騒ぎにまったく動じず、王にぴたりとついて優しくなめ続けている。王は不思議と心を動かされ、しばらくじっと見つめていた。そのうち、この狼は獰猛であるどころか許しを請うているのだと思いはじめた。それは驚きだった。危害を加えてはならないと王は皆に命じ、この狼はどうも人間の心がわかるようだと言う。王は馬上から右手を伸ばし、優しく頭をなで耳をかいてやった。★10

人狼になった王に対する妻の不実がことさらに強調され万人から憎まれるのも、彼女の夫のセクシュアリティの特異さから視点をずらし、これを隠すためであろうと想像できます。隣国の王の妃もまた、夫が寵愛した狼を嫌う狡猾な悪者として描かれています。語りが人狼に与《くみ》するならば、王妃は王と人狼の同性愛関係を邪魔する敵ですから、悪者として描かれることになります。

『アーサー王とゴーラゴン王』の逸話を好例として、人狼伝説では、主な女たちの行動は不妊か世継ぎの殺戮につながります。すなわち、世継ぎを作ることに熱心でない王を糾弾から守るため、王の性的問題については沈黙し、代わりに王妃を責めています。女性嫌悪や女性断罪の語りは、男性のセクシュアリティに関する禁忌侵犯の秘密と表裏一体です。ただし、種の保存に貢献しない男性が無条件に容認されるわけではなく、人狼にされ野に追放されることで王もまた罰を受けていることを忘れてはなりません。

✣獣に変身する男女

人狼伝説から動物変身へ視点を広げ、変身とセクシュアリティとの関係を観察するもうひとつの例に、一二世紀末にフランスで書かれたといわれている『パレルモのウィリアム』または『ウィリアムと人狼』と名づけられた物語があります。この物語はひじょうに人気があったとされ、英語には一三五〇年に翻訳されています。[★11]

アプリア王エンブロンスとギリシア皇帝の娘フェリスのあいだに生まれたウィリアム王子は、幼いときパレルモで遊んでいて狼にさらわれます。じつはこの狼は、スペインの正当な世継ぎであるアルフォンサスが変身させられた人狼で、自分の息子ブロンディニスをスペイン王にしようとする継母のたくらみにかかったものです。人狼アルフォンサスはかいがいしくウィリアムの世話をしますが、餌を探しにいっているあいだに王子は牛飼いに拾われ、その後、狩猟しに森へ来たローマ皇帝の目にとまり、城へ連れていかれます。ウィリアムは皇帝の娘メリオールの小姓となり、若い男女は恋に落ちます。ある日彼らは、白熊の毛皮にくるまって駆け落ちし、人狼のアルフォンサスがふたりの逃亡を助けます。ベネヴェントに着くと、次は牡鹿と雌鹿を装って、人狼の助けでふたりはさらにシシリーへ逃げます。このとき、パレルモはスペインに征服されていました。アルフォンサスの義弟ブロンディニスが失踪したウィリアムの妹フローレンスに求婚し、これを拒絶されたため、スペイン王が攻め入ったのです。ウィリアムはここで戦い、パレルモを窮地から救い、自らの領地でメリオールと結婚します。彼を導いてきたアルフォンサスは呪いを解かれて狼の姿から人間に戻り、フローレンスと結婚しスペイン王となることが語られます。

この物語では、ウィリアムとメリオールが二度までも獣の皮をかぶって変身し、逃亡を果たして結婚にこぎつけます。一連の潜伏と回帰を誘導するのが、人狼にされているスペイン王子のアルフォンサスです。だとすれば、ウィリアムとメリオールとは民話の赤ずきんと同じく、一度は追放された獣となってから人間社会に復帰したと考えられます。この展開は、情欲(愛情といってもいいでしょう)に基づいた性の営みが動物の本性に属することを告げています。また、そうした性の営みを人間社会が公然と許容するには、当事者たちが命がけの戦いで勝利しなければならないということも。結婚の動機のうち愛情がもっとも優先され、それが社会システム上でも認識されたのは、現実的には二〇世紀になってからのことなのです。

✣ヴィクトリア朝時代の女性

本アンソロジーに収められている狼女物語は、ほとんどが一九世紀、イギリスではヴィクトリア朝とよばれる時代に書かれました。いち早く産業革命を成し遂げたイギリスは、世界をリードする大国として繁栄を極めるいっぽう、中産階級の台頭や女性の自我の独立などさまざまな変化に揺れながら、古いモラルと新しい意識とのあいだでバランスを模索していました。女性は男性に劣り男性に服従して生きるべきだという常識に女性側が強い違和感を抱き、それを発言しはじめたのがこの時期です。しかし、人の意識や社会のシステムは急激に変わるものではありません。それでは、自分の能力を信じ家庭以外で自己実現することを熱望し、かつ異性を自由に愛したいと思った当時の女性は、どうなったのでしょうか。

一九世紀のイギリス小説を代表するものに、『嵐が丘』があります。作者のエミリー・ブロンテは、偏見を恐れてエリス・ベルという男性の名前で一八四七年にこれを出版しました。ちなみに、二〇世紀末になってさえ、J・K・ローリングが『ハリー・ポッター』シリーズを出版したとき、少年読者が女性作家の作品を敬遠するかもしれないと危ぶんだ出版社の意向によって、作者名から性別を判断できないように、イニシャルを使用せざるをえなかったということです。ローリングより一五〇年も前に、ブロンテが感じたプレッシャーの強さは、私たちの想像を超えるものでしょう。しかし、作者の冷静な被差別意識があってこそ『嵐が丘』は誕生しました。抑圧という不可視の暴力に対する彼女の洞察はジェンダーの枠に限定されるものではなく、『嵐が丘』の主要な登場人物は男女の別なくみなそれぞれに、憎しみや混乱を抱えこみ不幸です。

アーンショー家に養子にされた孤児ヒースクリフは、彼を連れてきた主人のアーンショーが亡くなると、家族から格下げされ、召使いとして虐待を受けます。自ら獣のような見かけと行いで自我を守っている彼の救いは、彼と同様に規制を嫌う性格のキャサリン・アーンショーとのつながりでしたが、偶然のきっかけでリントン家と交流しはじめたキャサリンは、エドガー・リントンという若者にも好意を寄せるようになります。自由で粗野なアーンショー家と上品で文化的なリントン家が対比されるなか、キャサリンのエドガーへの気持の揺らぎを知ったヒースクリフは、彼女に裏切られたと感じ失踪してしまいます。

数年して、彼は金持になり立派な風采を身につけて、すでにエドガーと結婚しているキャサリンの前に戻ってきます。エドガーの妹イザベラは、ヒースクリフの昔のことを知らぬまま彼に恋心を抱き、誘われて駆け落ちします。ヒースクリフがイザベラを誘惑した目的は、彼女と彼女に属す財産をリントン家から奪い、それによって、キャサリンを妻としたエドガー・リントンに復讐することでした（当時、妻の財産は法的に夫の所有となりました）。しかし、何も知らないイザベラにはこれが見抜けなかったのです。ヒースクリフはキャサリンしか愛していないため、イザベラは結婚してすぐに不幸になります。同様に、アーンショー家とリントン家の人びとはみな、まるで自ら血の海に飛びこむように、傷つけ合いの渦のなかへ落ちていきます。キャサリンは精神の安定を失い、物語の中ごろでエドガーの娘を出産するとすぐこの世を去ります。

注意深く読むと、ブロンテは男性主人公のヒースクリフに狼男のイメージを与え、彼の愛したキャサリン・アーンショーには狼女の性質を与えていることがわかります。ここではキャサリンを詳しく見てみましょう。キャサリンは、〈美しい〉〈異性の情欲をかきたてる〉〈他人に嫉妬をおこさせる〉という狼女の特質を備えています。彼女はヒースクリフとエドガーの両方に熱愛されるだけの魅力を持ち、ふたりの男性への執着に揺れ、彼らの嫉妬の狭間で苦しみます。そのうえ、エドガーの妹のイザベラがヒースクリフに思いを寄せるに至っては、イザベラの嫉妬も受けなければなりません。

語り手のネリーは、キャサリン・アーンショーを「傲慢で強情な生きもの」(haughty, headstrong creature) と呼んでいます(第八章)。Haughtyというのは、いわれのない傲慢さではなく、人を超越した優れたところを持った人の近寄りがたい傲慢さをニュアンスとして含みます。また、Headstrongもたんなる意地っ張りではなく、強靭な知性に裏づけられたゆるぎなさを匂わせる言葉です。本アンソロジーに含まれる物語の狼女たちもまた、自らの美しさと強さを隠さない傲慢さを持ち、姦計をもって人間を翻弄しながら獲物を手に入れようとする知性の主です。キャサリンの一面には、狼女の元型を彷彿とさせるものがうかがえます。

いっぽうで、キャサリンは〈淑女〉の人格もあわせ持っています。彼女は、生気に欠けるようなところもある善良な紳士のエドガー・リントンと結婚し、それなりに幸せな家庭を持つことができました。キャサリンを子どものときから知っている召使いのネリーは、リントン家に出入りするようになってからのキャサリンが「誰をだまそうというつもりもなく、いつのまにか二重の人格を身につけてしまった」(第八章)と言っています。キャサリンはヒースクリフとエドガーの両方を愛していたのでどちらにも適応できたわけですが、ヒースクリフとエドガーが同時にいるところで自然にふるまうことはできませんでした。ふたりの男と深くかかわるのが罪であると考える社会は、ふたつの性格がキャサリンというひとつの身体に共存するのを禁じるからです。

たとえ禁じられても、ヒースクリフが体現する野性とエドガーが体現する文明との両方ともが、キャサリンの属性だとブロンテは思っていました。その証拠に、彼女の遺体の両脇にふたりの男性は埋葬されます。キャサリンはヒースクリフのパートナーとしての〈狼女〉の自分と、エドガーのパートナーとしての〈淑女〉の自分との両方を内に秘めた全的女性なのです。ところが、彼女がどのように行動しても、対する相手や社会は彼女の片方の性質を否定し強く抑圧します。そのため、彼女はヒースクリフ側の自分とエドガー側の自分とで人格を分裂させたまま、ヒースクリフの失踪やエドガーの暗い嫉妬に傷つきつつ、ついには精神を病み破滅へと向かいます。

✣欲望への恐怖

『嵐が丘』のキャサリン・アーンショーが全的女性であるのに引きかえ、本書に掲載した物語のほとんどで登場する狼女は、〈淑女〉の部分を持たない一面的な登場人物です。一般の人間社会には属していない闖入者にすぎません。ステンボック作『向こう岸の青い花』のリリスは異界に属しますし、マクドナルド作『狼娘の島』の娘は人里をはるかに離れた島に住んでいます。ハウスマン作『白マントの女』ホワイトフェルは、山の奥深くから出現します。彼女たちはみな、抑圧のない自然の深みから来るからこそ美しいのです。彼女たちを恐れたのは、文明社会を築きあげてきて価値観の変化を望まない人びとでもありましたし、自らの内部の〈狼女〉を表面化させてしまえば社会から追放されてしまうはずの人びとでもありました。

狼女が暴力的なのは、沈黙を強いられたセクシュアリティが復讐をかけるからです。『嵐が丘』のキャサリンは死んでしまいますが、代わりにヒースクリフが復讐の鬼と化します。彼はキャサリンに復讐するのだと言いながら、生前彼女を解放しなかったすべての人を憎み、不幸にします。死の数日前、ネリーは彼を「グール〈食人鬼）か吸血鬼」（第三四章）ではないかとさえ言うのです。ブロンテはキャサリンを狼女にはしませんでしたが、彼女の片割れであるヒースクリフを狼男のように創作して、復讐させたのです。

抑圧はひとりの不幸に留まらず、なんらかの暴力をもって周囲に派生します。狼女の牙は自らが死ぬまで殺戮をやめません。そんな恐ろしくもあり魅力的でもある狼女をめぐって、一九世紀から二〇世紀へと創作の流れは継続しました。狼女という怪物は人間の欲望の化身で、拘束を受けない感情や身体の求めを解放したいとする女性と、それに素裸で触れ合いたい男性の、本能的な欲望を具現化します。それにしても、狼女は美しい。私たちにとって自らの欲望は、何にもまして愛《いと》おしいものだからです。作品からわかるように、一九世紀の狼女たちはみな満たされないまま置き去りにされるか、死によってその存在を否定されます。そうして生き殺しにされる女性の黙した一面が、いまなお読む者の共感をよぶのです。

四――いま狼女物語をどう読むか

❖境界を行き来する者

「狼が憑く」とは、現代の私たちにとっては、ある人が人間の常識を越えて暴力的、攻撃的になることを意味します。「狼男」の症例がフロイトに取りあげられているのにうかがえるごとく、かつて動物憑きと理解されていた多くの行動異常は、いまでは精神障害として説明されています。ところで、動物憑きという理解と精神障害という理解との大きな差は、前者がこの行動異常を自然と人間の境界域のできごととして認識しているのに対し、後者は人間社会内での正常と異常を線引きしながら観察しているというところにあります。狼の霊が人に憑くという現象や、人の肉体が狼に変わるという奇蹟を信じない時代になっても、依然として人間と自然の境界は曖昧であり、説明しつくせないその領域を恐怖しつつも受け入れておきたい気持が私たちにはあります。狼女の矛盾した属性――美と暴力――は、境界を自由に行き来する者に対する私たちの憧憬と嫉妬の表現にほかなりません。

境界は、多くの場合、恐怖の領域です。ベトナム戦争のときアメリカ兵を最も消耗させたのは、どこに潜んでいるかわからないベトコンゲリラの存在でした。それより一世紀半ほど前に北米を開拓した白人たちは、ネイティヴアメリカン(アメリカンインディアン)の不意の攻撃を恐れるあまり、ネイティヴとの接触が危ぶまれる境界域が消滅するまで、彼らを駆逐し殺戮をくり返しました。一九九〇年代からとみに注目されるようになったテロリズムも、価値観の異なる集団の利害が接触する不透明な領域でこそ発生する暴力であり、互いの姿は明瞭に把握されることがないまま恐怖の連鎖を生んでいます。しかし、境界域をつぶそうとすればするほど暴力が発生してしまうのが現実です。そうした、完全なる抹消の願望に突き動かされた殺戮の歴史の陰で、人狼や狼女のような境界域の住人の物語が綿々と語り継がれてきたという事実は、ひじょうに意義深いことだと思われます。

✣生き残る狼女

狼女物語は、多様な現代的問題を包含した娯楽小説です。人格の分裂、疎外、セクシュアリティの違和、愛と暴力……など。もはや迷信とされる過去の民間信仰に発した物語が、反射鏡のごとく現代の問題を鮮明にイメージさせるとは驚きです。どんな人の心のなかも、身体と連動した思考も、人間が構成する社会も、触れることはできないし見尽くすこともできません。それらのものが、私たち個人の制御が利かないところで自律的な動きをすると感じられる限り、恐怖と神秘は存在するでしょう。狼女はそうした不可視の場所から、沈黙のもとにおかれてきた人間の欲望の化身として創作され続けるでしょう。あるいは漠然とした日常の不安を、恐怖に変えて可視化していくでしょう。そのように狼女は時代に応じて変身し、集団的記憶の森と現実世界との狭間で、人間の想像力を食しつつ生きのびていくのだろうと私は思います。

★1——セイバイン・ベアリング＝グールド『人狼伝説』ウェルズ恵子・清水千香子訳（人文書院 2009）: 68.

★2——オウィディウス『転身物語』田中秀央・前田敬作訳（人文書院 1981）: 14–17.

★3——『人狼伝説』: 13.

★4——Robert Bridges, "Eros and Psyche," *Poetical Works of Robert Bridges Vol. 1* (London: Smith, Elder & Co, 1898): 130.

★5——ジャン・ド・ニノー『狼憑きと魔女　一七世紀フランスの悪魔学論争』池上俊一監修、富樫瓔子訳（工作舎 1994）他.

★6——『人狼伝説』: 68.

★7——Paul Delarue, "*Les Contes Merveilleux* de Perrault et la tradition populaire," (*Bulletin folklorique d'île-de-France*, 1951): 221. 英訳は、Paul Delarue, trans. Austin E. Fife, *The Borzoi Book of French Folk Tales* (New York: Alfred A Knopf, 1956): 230-32.

★8——Angela Carter, "The Company of Wolves," "Wolf-Alice," *The Bloody Chamber* (1979. Penguin Books, 1993): 110-125 : 邦訳『血染めの部屋』富士川義之訳（筑摩書房 1992 ; ちくま文庫 1999）.

★9——G. L. Kittredge, trans., "Arthur and Gorlagon," *Folklore: A Quarterly Review of Myth, Tradition, Institution and Custom* Vol. XV. (London: The Folk-Lore Society, 1904): 40-67 : 邦訳「アーサー王とゴーラゴン王」橋本万里子・高木麻由美訳（『立命館文学』第六一七号）: 47–58.

★10——橋本・高木 : 52.

★11——Montague Summers, *The Werewolf in Lore and Legend*, 1933 (Mineola, NY: Dover, 2003): 220.

作者・作品解説

ウェルズ恵子

このアンソロジーは、いままで認識されずにきた「狼女物語」ジャンルを幻想小説群に加えたいという意図で編まれました。女性が受けている抑圧と、その結果男性が被ることになった不自由さとは、当事者自身にも意識されないほど複雑に深層へ押し隠されています。その状況が、一九世紀から創作されるようになった狼女小説に反映されています。覆いをかけられ無視されているものの不気味さや暴力性を狼への変身で表現し、復讐の意図を性のダイナミズムを利用して作品化しています。「魅力的な悪魔」の側に与《くみ》した狼女小説は、人間の根源的な欲望を表現した文学であり、現代社会の諸問題を考えるための寓話として読むことができます。

掲載した六人の作家のうち、四人がイギリス人で、ひとりはエストニアに城を持つスウェーデン貴族、最初のバニスターはアメリカ人です。ハウスマンとクロウが女性、他の四人は男性です。バニスターの作品だけが新しく、二〇世紀に書かれ、あとの五作は一九世紀に書かれています。幻想的な小説は、イギリスでは一九世紀に盛んでしたが、アメリカでは二〇世紀に入ってから、しばしばSF的な要素も含みつつ大衆小説としてたくさん書かれました。

ここに翻訳した作品のうち古いものほど表現は控えめですが、暴力と性をテーマにしつつ読者の恐怖を刺激する娯楽性に優れています。新しい作品は、これに加えて「愛とは何か」「人間と自然はいかなる関係か」を問うています。以下、作者の簡単な紹介と各作品の解説をします。なお、解説は「狼女物語」の系譜をたどるために、作品の掲載順とは逆に書かれた年代順に進めます。

✣キャサリン・クロウ　『狼女物語』(1846)

本アンソロジーでとりあげたふたりの女性作家のひとり、キャサリン・クロウは一七九〇年に生まれ一八七六年に亡くなりました。『フランケンシュタイン──または現代のプロメテウス』を書いたメアリー・シェリーが一七九七年生まれですから、ほぼ同世代といえますが、シェリーが二一歳で『フランケンシュタイン』(1818)を出版したのに対して、クロウが『狼女物語(原題:人狼の物語)』を『ホッグズ　ウィークリー　インストラクター』という雑誌に載せたのは一八四六年、クロウ五六歳のときでした。クロウの作品集は、『闇夜の側の自然――幽霊と幽霊を見た者たち』として一八四八年に出版されていますが、『狼女物語』はこれに含まれていません。

中世を舞台とするこの作品には、怪物としての狼女は現れません。ふたりの少女がひとりの貴公子に恋をして、貴公子の心を勝ちとったフランソワーズが失恋したマノンの嫉妬の罠にからめ捕られ、魔女として告発され火あぶりの宣告を受けます。身分の低いフランソワーズに伯爵のヴィクトールが夢中になったのは、フランソワーズと彼女の父親が魔術を使ったからだとマノンが言ったのが発端でした。予期せず事が深刻な方向へ向かうので、マノンは自分の軽はずみを後悔します。しかしフランソワーズには不利な偶然が重なり、人びとの狂信を抑えることが不可能になってしまいます。

さて、この話には狼女が出てきません。それなのになぜ、『狼女物語』と題されているのでしょうか。中世のヨーロッパでは、キリスト教会中心の社会秩序を不安にする者や自然の神秘に分け入ろうとする者は、悪魔と結託し黒魔術をあやつるとして、魔女、魔法使い、人狼などと見なされ数多く処刑されました。クロウの作品は、悪意のこもったひとことが熱狂的な集団リンチを導きうるという恐怖を描いています。

犠牲者であるフランソワーズは、たいへん存在感の薄い登場人物です。美しくやさしく、知的で従順です。すべて備わっているようでいて、個性がありません。しかしだからこそ、彼女は容易に狼女に仕立てあげられます。医師で錬金術にはまりこんでいる父親は変わり者で、自ら社会の認識外で暮らすことを望む人物です。これはフランソワーズの素性をあやしくします。また、フランソワーズ自身も科学や宇宙について知識を持っており、女としては珍しいこうした知識が、他人の警戒を招く要素となります。にもかかわらず、すでに婚約者のいたヴィクトールがフランソワーズに夢中になったのは、彼女の知性に惹かれた部分が大きかったのでした。いまでこそ知性は女性の財産となりえますが、一六世紀にあっては、いえ、この作品が書かれた一九世紀半ばでも、周囲を驚かせるほどの知識の持ち主は怪しまれることが多かったので、ヴィクトールのフランソワーズへの恋は理解されにくいものでした。また彼女は美しいがために、自分の意図しないところで男性の興味を引き、他人に嫉妬をおこさせてしまいます。こうした条件を組み合わせながらクロウが巧みに描いているのは、われ知らず狼女に仕立てあげられることへの現実的な恐怖です。

この作品の主人公は、しかし、フランソワーズではなくマノンです。彼女は高慢で嫉妬深く、軽はずみだったためにそれなりの罰を受けることになります。作者はヴィクトリア朝時代の小説家にふさわしく、作品の終りにマノンの経験をとおして学ぶべき教訓を書き加えています。そのいっぽうで、マノンが自分の行いを後悔しフランソワーズ救出へ動きだすあたりから、マノンは生き生きと魅力的に描かれています。結末で彼女が成し遂げたことは、大衆の愚かさに対する果敢な挑戦と命がけの勝利だったといえます。クロウは、マノンというごく普通の少女に社会の目を見開かせる力を与え、「狼女」の意味するものが架空の怪物ではなく、隠されている女性の強さなのだということを表現したのでした。

Catherine Crowe (1790-1876). "The Story of a Weir-Wolf," *Hogg's Weekly Instructor* Vol. III (May 16th, 1846). Cited in: Andrew Barger, ed., *The Best Werewolf Short Stories 1800-1849*, pp. 87-112.［原作の冗長個所を多少割愛］

❖ジョージ・マクドナルド『狼娘の島』(1871)

スコットランド出身のジョージ・マクドナルド（1824−1905）は、本書に収めた作家のなかで最も有名です。最初は牧師になりましたが、その後は文筆で生計を支えました。『不思議の国のアリス』を書いたルイス・キャロルとはたいへん親しく、家族ぐるみで『アリス』の出版をキャロルに勧めたといわれます。『ファンタステス』（1858）と『リリス』（1895）を代表作としますが、数多くの児童文学作品でも知られています。彼は、幻想文学《ファンタジー》で人間のなかに眠るものを目覚めさせたいと思っていました。マクドナルドは神話や民話に想像力の源泉を見出し、イギリスにおけるファンタジーの基礎を築きました。マクドナルドから影響を受けた作家には、『ナルニア国物語』を書いたC・S・ルイスや、『指輪物語』で有名なJ・R・R・トールキンがいます。

狼女物語には大まかに三つの流れがあります。それらを「血統もの」「精霊もの」「悪魔もの」と呼んでおきます。『狼娘の島（原題：灰色狼）』はこのひとつ、人狼の血筋に生まれついた狼女の話です。遠出した学生が嵐に見舞われ、避難場所を求めてやみくもに歩くうち、美しい娘に出会います。不思議な雰囲気の娘に誘われるまま、彼女の家に泊めてもらうことにしますが、貧しい老母のもてなしとは裏腹に、娘は食事も共にしないでふらりと外へでてしまいます。その後の緊張した展開は作品を読んでいただくとして、ここでは、外の世界から来た若者と狼女との接触のしかたに注目してみましょう。舞台は、一般社会から隔絶された島のうえです。若者は悪天候を突き進んだ末に行き場所を失い、一種の異界へ入りこんだと考えられます。

魚が食べられない娘は、自分に合った食物が得にくい島で飢えに苦しんでいます。彼女は何かを憎んでいるわけではなく、無駄な攻撃の意図もありません。ただ、堪え難い飢えに突き動かされて、自らの正体に苦悩しているようにさえ見えます。やがて眠りに落ちた若者を獣が襲いますが、むしろゆっくりと、肩に爪をたててから咽喉に噛みつこうとしています。男の身体に覆いかぶさって顔を近づけ、まず肩に傷を負わせるくだりは、エロスの寝姿に見入り彼の肩をランプの油で火傷させてしまったプシュケを連想させます。エロスは神、プシュケは禁忌を犯す人間の女でした。つまり男のほうが女より高等な部類に位置しています。『狼娘の島』でも構造は似ていて、若者は無垢な人間、娘は人間より下等で、罪深く獣に近い生きものとされています。男の眠りを襲う彼女の飢えは、彼の意識下に潜む欲望でもあるのでしょう。その証拠に作者は、この娘を後ろ髪を引かれるほど愛おしく、恐ろしいものとして描きました。

狼女の獣性を血統に求めるのは、被差別民を動物や両生類に寓話化した昔話の手法です。昔話との比較における狼女物語の新しさは、人間より下等とみなされる人狼に自らの影を見ている点にあります。『狼娘の島』と同列の作品に、ロバート・ルイス・スティーヴンスン（1850–1894）の『オラーラ』があります。スティーヴンスンは『宝島』や『ジキル氏とハイド氏』でよく知られた作家、詩人です。『オラーラ』は、マクドナルドの作品より一四年遅い一八八五年に出版されました。この作品のヒロイン、オラーラは、人狼の血族最後の女性です。彼女自身は人狼ではなく敬虔なクリスチャンなのですが、自らの血統が継続するのを恐れて主人公である青年の求愛を退けます。彼女にとって自分の血と身体という自然は呪うべきものです。しかし青年は、身体と魂は一体だと言って彼女を説得しようとします。青年は、魂の永遠と肉の不浄を説くキリスト教に懐疑的です。結局彼はオラーラを連れて逃げるという提案を彼女に退けられ、祈るオラーラの姿を瞼に焼きつけながら、オラーラの住む世界と自分の世界との境界にある森へと去っていきます。

この物語でスティーヴンスンは、昔話において獣にたとえられた被差別階級の者――狼女物語では女の身体――を、自らの一部として主たる世界へ招き入れようとしています。ところが、それはまだ許されることではありませんでした。オラーラも『狼娘の島』の娘と同様に、疎外された他者の世界に留まり続けます。

George MacDonald (1824-1905). "The Gray Wolf," (1871) Cited in: *The Gray Wolf and Other Stories*, Grand Rapids, MI: Wm. B. Eerdmans, 1980, pp. 1-10.

❖ギルバート・キャンベル『コストプチンの白狼』(1889)

ギルバート・キャンベル卿(1838-1899)は、英国貴族や時の作家としてよりは、破滅型の詐欺師として世に名を残してしまったようです。彼は生涯を通じて経済的な問題に悩まされ、一八八一年(四四歳)には、保険金を支払わなければ自殺すると脅迫の手紙を保険会社に書いて、警察に捕まっています。さらに一八九二年、素人の作家や芸術家から出版展示を保証する名目で金を集めていたとして、詐欺罪で一八か月の実刑を受けました。文学で生計を立てようと試みていたらしく、短編を中心に数々の出版物があります。『コストプチンの白狼』は、詐欺罪による逮捕の三年前に出版されています。コストプチンのセルゲヴィッチは、男爵でありながら食うに困って詐欺まではたらいたキャンベルの分身なのかもしれません。

狼女物語の第二の種別は「精霊もの」です。山や森といった大きな自然の霊の化身として、美しく大きく強靭な白狼が登場します。この系列の最初の物語で、狼女物語の起点でもある作品は、フレデリック・マリアット(1792-1848)の『ハルツ山の白狼』(1839)です。そして二番目が本作『コストプチンの白狼』、三番目があとで紹介するハウスマンの『白マントの女』です。三作それぞれに意匠は異なり、読者を引きつけて離さない名作といえます。

ともに男性作家によって書かれた『ハルツ山の白狼』と『コストプチンの白狼』は、人狼の犠牲者を自堕落で粗暴な男性にしています。原因は異なれ、彼らは妻を暴力で殺してしまいました。『コストプチンの白狼』のパウル・セルゲヴィッチはコストプチンの領主ですが、放蕩生活で財産を使い果たし、決闘で身分ある若者を殺したあげく、酒浸りの彼のもとへ嫁いだ不運な妻をなぶり殺してしまいます。彼は、残されたふたりの子どものうち、女の子のカタリナを偏愛し男の子のアレクシスを無視するという虐待も行います。そこへ現れたのがロシア警察に追われて亡命中だという貴婦人ラヴィナです。折から、コストプチンの森では白狼が出るといううわさで、男や子どもが心臓を抉《えぐ》られて死んだので、狼狩りのためにセルゲヴィッチが小作人たちを引き連れて森に入ったところ、藪のなかから彼女が出てきたのでした。

この作品の読みどころは、娘のカタリナを除いては自分も他人も愛せないセルゲヴィッチが、ふいに現れたラヴィナの存在に人生の希望を見出し、雪崩を打つように彼女への情欲を募らせていく様子です。これに並行して高まっていく狼の攻撃は、ついに子羊のようなカタリナにも及びます。咽喉を噛み心臓だけをむさぼるのは、自然の狼の仕業ではありません。セルゲヴィッチは恐れながらも、ラヴィナに気を取られて事の成り行きを見極めることができません。最後は、セルゲヴィッチが虐待した息子のアレクシスによって解決をみることになります。

財産のあるときには街で遊びまわってコストプチンの森を顧みず、領地に戻ってからも妻や自分の身体を含めたおおきな「自然」をないがしろにし続けたセルゲヴィッチは、希望という唯一の弱みに付けこまれて破滅します。彼は、人生の希望を捨てこの世を呪ったときに自然の恵みを裏切ったので、いわば悪魔と結託したも同然です。それにもかかわらず、ラヴィナと人生がやり直せるかもしれないという希望を持つことは、今度は悪魔に対する裏切りであり、無思慮にも虐待した自然の霊ともいえる狼の復讐を受けることになったのです。

セルゲヴィッチの森で起こった残忍な連続殺人が、どれも人の心臓《ハート》を狙ったものであったことは、当然のことながら、セルゲヴィッチが心《ハート》を持つに値しない男であると表明したメッセージです。

それにしても、ラヴィナは凛として冷たく美しく、セルゲヴィッチは乱暴でだらしなく刹那的です。暴力で幕が上がり暴力で幕が下りるこの作品は、しかし、ただの破滅物語ではありません。セルゲヴィッチがラヴィナと交わす最初で最後の抱擁を、極上の快楽、究極の解放だと私は呼びたい。自ら汚辱と貧窮に苦しんでいた作者のキャンベルにとっては、ラヴィナのような女に食われて死ぬことこそが、切なる夢であったのかもしれません。

そして忘れてならないのは、この物語には、事件のすべてにかかわりながら無傷で生き残るひとりの人物がいることです。この人物こそ、心臓（自然）と心（人間性）の両方を備えた新たな時代の後継者ではないでしょうか。

Gilbert Campbell, Sir Bart (1838–1899). "The White Wolf of Kostopchin," *Wild and Weird Tales of Imagination and Mystery*. London: Ward Lock, 1889, pp.97–133.

❖エリック・ステンボック　『ブルターニュ伝説　向こう岸の青い花』（1893）

エリック・ステンボック伯爵（1860–1895）は、W・B・イェイツと同時代のエキセントリックな詩人、作家でした。エストニアに領地を持つ裕福なスウェーデン貴族で、主な教育は英国で受けています。恐怖小説でありながら神秘的な薫り高い本作品が、ブラム・ストーカー作『ドラキュラ』（1897）の舞台でもある東欧の、一領主を作者としていることは、特筆に値するでしょう。詩集『愛、眠り、そして夢』や短編集『死の研究――ロマンチックなお話』、『吸血鬼の真実』など、彼の著作タイトルに、後期ヴィクトリア朝文学の耽美主義やデカダンスを読み取ることができます。『ブルターニュ伝説　向こう岸の青い花（原題：ブルターニュ伝説　向こう岸）』は、『スピリット・ランプ』という雑誌に掲載されました。この雑誌は、アルフレッド・ダグラスが編集していた耽美主義的な文学雑誌で、オスカー・ワイルドも寄稿していました。

さて、先に述べた狼女物語の三種の分類のうち、「精霊もの」と「悪魔もの」は区別がつきにくい場合が多くあります。その理由は、自然が恐怖の対象であったために、自然の精霊は悪魔の使者となりやすいからです。ステンボックの『向こう岸の青い花』でガブリエル少年を誘惑するリリスは、彼を愛するだけの存在なのに悪魔の仲間とされています。しかし青い花に象徴される彼女は透明で幻想的に美しく、狼に変身したときでさえ、中世的な悪魔のおどろおどろしさとは程遠い女性です。この作品は「悪魔もの」に含まれる狼女物語といえるでしょうが、魂と自然が合一する刹那的で稀な経験を、とろけるばかりの陶酔感と恐怖に彩って見せた点で、他を寄せつけない珠玉の作となっています。

物語は、「向こう岸」(川向こう)で行われるという黒ミサの様子を、老婆が語るところから始まります。柔和で感受性の強いガブリエル少年は、この話に強く惹かれます。その後、彼は向こう岸の川べりに青い花を見つけ、村の禁忌を破って川を渡ってしまいます。ガブリエルは人狼の群れに出会い、次いで、月明かりに照らされて青い花のなかを歩く金髪の美女を見ます。ところが月の光が失せたとき、彼女は狼の姿になっていました。ガブリエルは恐れをなして急いで家に帰ります。この時彼が持ちかえった青い花は、母親やガブリエルを愛する少女カルメイユにとって悪の花であり、ガブリエルの手を離れ地に投げ捨てられると真っ黒に焦げてしまうのでした。

この作品には三人の大事な女性登場人物がいます。ガブリエルを理解しないが愛している母イヴォンヌ、見返りを求めずに彼を愛し続ける少女カルメイユ、向こう岸にいる狼女リリス。カルメイユとリリスとは、聖女と魔女です。カルメイユはガブリエルの魂を愛し、彼を狼から引き離そうとします。彼が失踪し、ついに死んだと思われた時には、おしみなく涙を流して彼のために祈ります。カルメイユと母と神父の祈りが、ガブリエルを異界の誘惑から引き戻す役目を果たします。

いっぽうリリスは、子どもと大人の境界にいる少年ガブリエルを、禁じられた側、大人の快楽の側へ誘いこみます。彼女はガブリエルを彼の命の始めからずっと愛していて、彼に棒で強く打たれても暴力で仕返しすることもなく、官能的な包容感と優しさに満ちています。ガブリエルを失う時には、流れない涙を目にいっぱいためて「向こう側」から彼を見送るという、カルメイユとは対照的な女性です。少年を聖と俗とに引き裂く、これらふたりの女性とは関係なく、彼を生み育て、受け入れ、守る、空《から》の容器のような存在が母親のイヴォンヌです。母の存在があるので、ガブリエルはカルメイユかリリスのどちらかを選ぶことなく、狂気をはらんだままで生きていくことができるのです。

「青い花」の象徴には、ドイツ・ロマン派の詩人ノヴァーリスが一八〇〇年に執筆した『青い花』との関連を読み取ることができます。ノヴァーリスの作品では、若者ハインリヒの夢のなかに現れた青い花が女性に変身し、ハインリヒは青い花を追いながら詩の真髄へ近づいていきます。ここでハインリヒを誘導する青い花の女性は、彼の詩神《ミューズ》です。彼の遍歴は、詩人になるための上昇階段とみなすことができます。いっぽうステンボックの作品でガブリエルを誘導する青い花の女性は、彼と原初的な自然とを結ぶ狼女です。ガブリエルの向こう岸への越境は、地獄への旅です。ノヴァーリスの青い花とステンボックの青い花は対照的なようですが、両者とも「美」という点で共通しています。

ダンテ・ガブリエル・ロセッティは、一八六八年に「レィディ・リリス」という絵に同伴するソネット「リリス」を発表しました。この詩は後に「身体の美」というタイトルに変えられ、「魂の美」というタイトルのもうひとつのソネットと対になっています。この詩でロセッティは、リリスを「アダムがイヴの前に愛した魔女」だと書いています。伝説では、リリスはイヴの前にアダムの妻となった女性で、多産で奔放だったとされます。彼女の産んだ子どもたちがみなデーモンになったともいわれます。ロセッティも、リリスを地に属する原初的な女性として表現していますが、いっぽうで、豊かな金髪の若いリリスが男性の身と心を虜にすることを幻惑的に詩にしています。ステンボックの『向こう岸の青い花』で、少年の名がガブリエル、狼女の名がリリスで金髪であることなどから、ロセッティの詩がこの物語の下敷きになっているとみて間違いないでしょう。

ステンボックの独自性は、魂の美と肉体の美に分けられた女性のふたつの美を往来することを、「九日間の狂気」としてガブリエルに許したことです。キリスト教が民間の言い伝えを悪魔信仰と結びつける以前には、なんらかの精神的差異または肉体的に超人的能力を持った人びとや被差別階級の人びとが獣に変身すると信じられた例が、各地に存在しました。ステンボックはこうした伝説を利用して、ガブリエルが美に魅せられる狂気を断罪せず、日常と繋げておいたのでしょう。この短い逸脱の期間こそが、芸術を生むためのかけがえない陶酔の時間なのだと、彼は考えていたのではないでしょうか。ちなみに、一九世紀初頭には、青い色は絶縁作用を持つと考えられていたそうです。[★1] また、一般的に知られるように、青い炎は悪魔の存在を知らせます。そういえば、ガブリエルが胸にあてた青い花は、彼を日常の世界から絶縁し、美的快楽の異界へと引きこむ役割を果たしています。

Eric Stanislaus Stenbock, Count (1860–1895). "The Other Side: A Breton Legend," *The Spirit Lamp* Vol. IV, No. 2 (June 1893): 52-68. Cited in: Charlotte F. Otten, ed., *A Lycanthropy Reader Werewolves in Western Culture*. Syracuse: Syracuse UP, 1986, pp. 269-280.

❖クレメンス・ハウスマン『白マントの女』(1896)

クレメンス・ハウスマン(1861-1955)は、本アンソロジーふたり目の女性作家です。彼女はフェミニストで、政治デモに参加して投獄されたこともありました。木版画家で作家という顔を持ちますが、ふたりの有名な兄、A・E・ハウスマン(古典学者、詩人)とローレンス・ハウスマン(画家、詩人、評論家)の妹として認識されることが多かったようです。『アグロバル・デュガリス卿の一生』(1905)という著作があります。『白マントの女(原題：人狼)』は、キリスト教信仰にもとづいた犠牲的な愛の物語のようでありながら、大雪の日に現れる若い女ホワイトフェルの強さと冷たさが印象的かつ現代的な作品です。挿絵は、兄ローレンスの絵をもとにクレメンス自らが制作した木版画です。

雪と白い毛皮のイメージが美しい幻想的なこの物語は、白いメス狼を登場人物とする「精霊もの」の三作目にあたります。吹雪の夜、暖炉に温められた大家族の農家の戸を「開けて！」と言って叩く者がいます。しかし戸を開けると誰もいない。声は子どもの声だったり、老人の声だったり、男の声だったりしながら何度も聞こえるのに、そのたびに戸をあけても誰もいないのです。皆が緊張するなか、今度は澄んだ声が聞こえ、現れたのは白い毛皮を身にまとった、若く美しい女でした。彼女の名は、〈白い毛皮〉を意味する「ホワイトフェル」だといいます。家族の者は全員、飼い犬のティルを除いて、ホワイトフェルが好きになってしまいます。とくに幼いロルは彼女になつき、青年のスウェインは彼女に恋をします。

ところが、スウェインの双子の兄弟であるクリスチャンは、ホワイトフェルの到着後に外から帰り、ずっと彼女を警戒して心を許しません。その後しばらくしてロルとトレラ婆さんが相次いで姿を消し、家族に不吉な空気が漂うなか、クリスチャンはホワイトフェルとスウェインが接吻したことを知ります。ホワイトフェルを目にした時からクリスチャンはある疑いを抱き、彼女に対して敵意を示すのですが、それを嫉妬の表れととらえたスウェインはホワイトフェルをわが物にしようと焦ります。

クリスチャンは逃げるホワイトフェルを追い、雪の荒野をひたすら走ります。クリスチャンとホワイトフェルの追跡劇は本作の圧巻です。彼女は尋常な女性の能力をはるかに超えた速度で自然の深部へと無言で突き進み、クリスチャンが全力を傾けてそれについていきます。彼はホワイトフェルを魔物と呼び、スウェインを彼女の牙から守るために彼女を殺そうと命をかけるのですが、まるで彼女の影であるかのように執拗に追い続けるクリスチャンの様子は、ふたりの濃密な一体感を印象づけもします。「クリスチャン」という名前は、明らかに彼が神の側にいることを表現し、彼の流す自己犠牲の血のイメージと重複してキリストを連想させます。にもかかわらず、ホワイトフェルとクリスチャンとの一体感は何を意味するのでしょうか。

その答えに近づく前に、狼に関する興味深い記録をご紹介しましょう。一五七五年にターバヴィルという人が著した『狩猟の書』という本によれば、狼の交尾の季節は二月で、その時を迎えると数多くのオス狼が一頭のメス狼を追って、二週間近く走り続けるのだそうです。メス狼はたいへん強く、ほとんど飲まず食わずで走り続け、どのオスがいちばん強いかを見定めます。自分がつがうべき相手を決めると走るのをやめ、疲れ果てたオスたちが眠ったところで、狙った強いオス一頭を起こし、場所を変えて交尾するのだそうです。しかし他のオスたちがこのことに気づくと、メス狼を獲得したオス狼は一斉攻撃を受けて殺されるといいます。★2 ホワイトフェルとクリスチャンの追跡劇の最中、狼の群れが現れたのを想起してください。そこで、狼たちはフェルとクリスチャンの速さについていけずに脱落していきます。ホワイトフェルを、オスに命がけの競争をさせて最強の相手を得る女王格のメス狼、クリスチャンを選ばれたオスという図式でとらえることも十分可能です。

クリスチャンは最初ホワイトフェルの存在を雪の森のなかで知ります。そしてホワイトフェルに遅れて森から家に帰ってきます。ふたりはほぼ同時期に森にいて、森から人間のいる場所へ出てきたことになります。しかも結末を読むと、ふたりは分かちがたく共にある運命だったのではないかと考えられます。たとえ敵対し憎しみ合っていたとしても、です。一九世紀末にクレメンス・ハウスマンという女性作家が、この作品で何を意識的に描こうとしたかは断定できません。おそらくキリスト教的なテーマだったのでしょう。しかし、いま私たちがこれを読んでいえるのは、クリスチャンという名の男性が具現している自己犠牲的な理想の魂とホワイトフェルという女性が具現している野生とを、分離して敵対させる時代は終わったのだ、ということではないでしょうか。ふたりは人里をはるかに離れた雪の荒野で運命を共にします。

自らの死で人間の罪をあがなったキリストへの言及で作品は閉じているにもかかわらず、ホワイトフェルの圧倒的な強靭さと美しさと沈黙の力こそが読む者の胸に残ります。勝者も敗者もこの物語にはいません。物語の冒頭ではクリスチャンの片割れでしかなかったスウェインですが、最後に死者を抱えて荒野から戻ってきたとき、彼は魂と自然の両方を自分の肉体のなかで調和させた新たな人間としてそこに立っています。フェルとクリスチャンは共に、スウェインのなかで生きています。ハウスマンの作品は、人狼小説の流れのなかで重要な転換点を記しているといえるでしょう。

Clemence Housman (1861–1955). *The Were-Wolf*. London: John Lane at the Bodley Head, Chicago: Way and Williams, 1896. Cited in: Charlotte F. Otten, ed., *A Lycanthropy Reader Werewolves in Western Culture*. Syracuse: Syracuse UP, 1986, 286–320.［オッテンの版では原作が一部中略してあり、本書でもこれを参考に原作の冗漫な一部分を省略して翻訳した］

✣マンリー・バニスター『イーナ』(1947)

このアンソロジーで唯一のアメリカ作家、マンリー・バニスター(1914-1986)は、エッチングと製本の専門家として知られ、製本関係の著書が多数あります。アメリカ人らしくほかにもいろいろな仕事にかかわった、多文化的な人だったようです。一九二三年に刊行された安価な大衆雑誌『ウィアード・テイルズ』(怪奇物語集)に、数々の短編を寄稿しました。この雑誌はアメリカにおけるSFや怪奇小説の母体となる重要なもので、日本でもよく知られているシーベリー・クイン(1889-1969)もたびたび原稿を寄せています。ちなみに、一九二五年にはクインの『幻の家』(The Phantom Farmhouse)という狼女物語が載っています。しかし本アンソロジーでは、女性主人公の掘りさげが繊細なバニスターの作品を選びました。

『イーナ』の舞台は、二〇世紀中葉のアメリカです。主人公のジョエル・キャメロンは、冬のあいだだけ都会暮らしをして、残りの季節は山小屋で過ごします。本業は作家ですが、狼狩りの賞金を副収入としてあてにしています。ある日、ジョエルは灰色のメス狼をしとめ、同時に白い仔狼を捕獲します。このメスの子どもをイーナと名づけてかわいがり、半年が過ぎました。冬を迎え、彼はイーナを連れて街へ戻ることができないので、仕方なく五〇ドルで狼猟師のピート・マーティンに売ることにします。その約束が交わされた晩、イーナは檻から逃げてしまいました。しばらくして、ジョエルの小屋の近隣で、白狼に率いられた群れによる家畜荒らしが深刻化します。リーダーの白狼には賞金がかけられ、狼狩りに拍車がかかります。これに並行して、イーナの変身と人間の男への愛憎が切なく物語られています。

アメリカ生まれのこの作品に至って、狼女の女性性がようやく悪魔との連想から自由になりました。仔狼のイーナは愛らしく、群れのリーダーになったイーナは勇敢で賢く、月夜の晩にジョエルを訪ねたイーナは、生まれたてのように無垢で美しい。賞金目当てに躍起になって彼女を狙う猟師たちの貧しい精神性と対照され、イーナはジョエルの愛する山の空気のように自由で清純な印象を読者に与えます。そしてある晩、かつてイーナを殺せと迫っていた罠猟師ピエールが獣に襲われて命を落とし、次いでジョエルの目前に素裸で無言の若い女が現れます。

狼を銃で皆殺しにしようとする白人男性の集団と、ひとりの柔和な男の前に現れる野生の女の組み合わせは、一九世紀のアメリカでおこったアメリカ先住民《インディアン》狩りと、先住民の女性に魅せられた実在の白人男性たちを連想させます。あるいはまた、荒野を征服する目的で開拓に従事し、自然の営みを尊重しながら生活することに価値を見出した、アメリカ人の国民性も現れています。ジョエルは、都会の住居と山小屋とを車で往来し、文明と自然とにまたがって生きています。彼は、狼を守り育ててはならないというタブーを犯し、イーナを心から可愛がってしまいます。作品の結末で、ジョエルはこの行為を罰せられることになりますが、その前に描写されるイーナの野性と官能美とは、まさしく自然を愛したジョエルが理想とする女性性かと思われます。

怪奇趣味や底の浅い恐怖小説に陥りがちな二〇世紀の大衆作品の中で、『イーナ』は清々《すがすが》しいエロティシズムと自然や女性への愛を表現した魅力的な物語です。

Manly Banister (1914–1986). "Eena," *The Weird Tales* Vol.39, No.12 (September 1947). Cited in: *The Weird Tales A Magazine that Never Dies*, ed. Marvin Kaye, et. al. Garden City, NY: Doubleday, 1988., pp. 44–56.

★1——青山隆夫「訳注」ノヴァーリス『青い花』(岩波文庫 2010)：338.

★2——Montague Summers, *The Werewolf in Lore and Legend*, 1933 (Mineola, NY: Dover, 2003): 224–25.

＊——本書の刊行にあたって、立命館大学国際言語文化研究所から出版助成金をいただきました。また編集に関連した調査と研究には、同研究所の萌芽的プロジェクト研究助成金とサントリー文化財団より研究助成金の援助がありました。心よりお礼申し上げます。

［編者・訳者紹介］

ウェルズ恵子 Keiko Wells

立命館大学文学部教授。詩や歌謡といった「音」や「声」がとくに大事な文学を愛し、研究している。人狼のように出会ったことのないもの、影のように触れえないものを主なテーマとする。狼女に魅せられたというよりは、狼女に魅せられる人間に魅せられている。最近はとくに、自我や歴史に姿を与える「物語の力」に興味をもっている。訳書にベアリング＝グールド『人狼伝説』（人文書院）、著書に『黒人霊歌は生きている』（岩波書店）、『フォークソングのアメリカ——ゆで玉子を産むニワトリ』（南雲堂）など。論文に「暴力的文化アイコンとしての『赤ずきん』物語」（筑摩書房）、「ブルーズ君の語ること——初期カントリーブルーズの歌詞を読む」（岩波書店）など。

大貫昌子 Masako Ohnuki

在米翻訳家。比較文学に興味をもち、科学書の翻訳も文学的な背景を考慮しつつ進めている。英訳書に上田誠也 The New View of the Earth.（W. H. Freeman）、邦訳書にファインマン『ご冗談でしょうファインマンさん』『光と物質のふしぎな理論——私の量子電磁力学』、アインシュタイン『アインシュタイン愛の手紙』、ウィルソン『生命の多様性』（以上岩波書店）、レジス『アインシュタインの部屋』『不死テクノロジー』『ナノテクの楽園』（以上工作舎）、グリック『カオス』（新潮社）、コール『おしゃべりな宇宙』『無の科学』（以上白揚社）、グリック『ニュートンの海』（NHK出版）、ハミルトン『宇宙の未解決問題』（講談社）など。

Tales of the She Wolf
G. McDonald et al.
Ed. by Keiko Wells, trans. by Masako Ohnuki.

Okubo 2-4-12-12F, Shinjuku-ku, Tokyo 169-0072 Japan

狼女物語［おおかみおんなものがたり］――**美しくも妖しい短編傑作選**

発行日――二〇一一年三月二〇日
著者――G・マクドナルドほか
編集・解説――ウェルズ恵子
翻訳――大貫昌子
エディトリアル・デザイン――宮城安総＋佐藤ちひろ
印刷・製本――株式会社精興社
発行者――十川治江
発行――工作舎 editorial corporation for human becoming
〒169-0072　東京都新宿区大久保2-4-12　新宿ラムダックスビル12F
phone: 03-5155-8940　fax: 03-5155-8941
URL: http://www.kousakusha.co.jp
e-mail: saturn@kousakusha.co.jp
ISBN4-87502-436-1

耳ラッパ

◆レオノーラ・キャリントン　野中雅代＝訳

風の老女マリアンは親友から贈られた耳ラッパを手に、個性豊かな老女たちと痛快な冒険を繰り広げる。魂の遍歴を描く女性シュルレアリストが贈る、92歳のアリスの奇想天外な幻想譚。

●四六判上製●236頁●定価　本体2000円＋税

恐怖の館

◆レオノーラ・キャリントン　野中雅代＝訳

女性シュルレアリストの魔術的魅力を伝える幻想小説集。恋人エルンストの序文・コラージュを収録した表題作をはじめ、「卵型の貴婦人」「ダウン・ビロウ」など。

●四六判上製●256頁●定価　本体2600円＋税

W・H氏の肖像

◆オスカー・ワイルド　井村君江＝訳・解説

シェイクスピアがソネット集を捧げた美貌のW・H氏とは誰か？　この謎をめぐって起こる殺人事件とは？　19世紀末のダンディが16世紀末の偉大な劇作家の秘密を解き明かす。

●四六判上製●244頁●定価　本体1942円＋税

夜の国

◆ローレン・アイズリー　千葉茂樹＋上田理子＝訳

ソロー、エマソンの系譜を継ぐナチュラリストが、人間の心の内なる闇を凝視する。石の女に恋した老爺、生きたミッシング・リンクとの遭遇など、詩魂あふれる自伝的エッセイ。

●四六判上製●352頁●定価　本体2500円＋税

平行植物［新装版］

◆レオ・レオーニ　宮本　淳＝訳

ツキノヒカリバナ、マネモネ、フシギネ…。別の時空に存在するという植物群の生態、神話伝承などを、学術書の体裁でまことしやかに記述した幻想の博物誌、待望の復刊。

●A5判変型上製●304頁●定価　本体2200円＋税

ガラス蜘蛛

◆M・メーテルリンク　高尾　歩＝訳　杉本秀太郎＝解説

空気のアンプルに守られて、快適な釣鐘型の家に暮らすミズグモ。その生態を通して、生命や知性の源や継承へ思いをめぐらす博物文学の名品、本邦初訳。

●四六判上製●144頁●定価　本体1800円＋税

狼憑きと魔女

◆ジャン・ド・ニノー　池上俊一＝監修　富樫瓔子＝訳

狼憑きや魔女と告白した男や女の体験談の虚実をめぐって繰り広げられた、激しい論争の実状を伝える悪魔学の幻の書がここに復活！ 復刻に携わった研究者たちの詳細な解説付き。

●A5判上製●284頁●定価　本体3200円＋税

英国心霊主義の抬頭

◆ジャネット・オッペンハイム　和田芳久＝訳

動揺するキリスト教信仰に対し、魂の不死性を信じる心霊主義が登場！ ブラバツキーをはじめクルックス、ウォレスら科学者も心霊研究を行った世紀末の大変動期の英国社会を追う。

●A5判上製●632頁●定価　本体6500円＋税

女性を弄ぶ博物学

◆ロンダ・シービンガー　小川眞里子＋財部香枝＝訳

リンネが命名した「哺乳類（字義どおりには乳房類）」という分類名には、女性を妻・母のジェンダーに限定していく裏面もあった。18世紀の博物学者の虚妄を暴く。

●A5判上製●280頁●定価　本体3200円＋税

女性を捏造した男たち

◆C・E・ラセット　尾崎昭美＝訳

「女性は肉体的、精神的にも男性に劣る」。19世紀末の英国科学界、知識人たちが築いた理論は、現代にまで影響を及ぼした。豊富な実例で、この女性への偏見を打ち破った意欲作。

●A5判上製●312頁●定価　本体3200円＋税

愛しのペット

◆ミダス・デッケルス　伴田良輔＝監修　堀 千恵子＝訳

誰もがあえて避けてきた「禁断の領域＝獣姦」を人気生物学者が、ウィットに富んだ知的な語り口で赤裸々につづった欧米の話題作、ついに登場！ 古今東西の獣姦図版88点収録。

●A5判変型上製●328頁●定価　本体3200円＋税

ブロッケン山の妖魔

◆久野豊彦　嶋田 厚＝編　鈴木一誌＝造本

大正、昭和初期に活躍した幻想作家、初の著作集。短編小説、詩、タイポグラフィーなど、貴重な資料を多数収録。川端康成に「新感覚表現」と評価されたそのモダニズム文学の全容とは…。

●A5判変型上製●368頁●定価　本体2800円＋税